光文社文庫

文庫書下ろし

キッチンぶたぶた

矢崎存《あり》美《み》

光 文 社

この作品は光文社文庫のために書下ろされました。

目次

初めてのお一人様

新しい病院を「見慣れない」なんて思うとは。

穂積由良《ほづみゆら》は自分の考えにクスリと笑った。

でも、確かに「見慣れない」のだ。由良が退院している間に、古びていた病院は少し場所を移動して、新しく建て直した。設備も何もかもが新しく、まったく別の病院のようになってしまった。

由良は今年高校三年生だが、入院している時期と退院している時期、どちらが長いのかがもうわからなくなっていた。

小さい頃から身体が弱い。生まれつき心臓に欠陥があるのが六歳の時に見つかり、何度か手術している。完治の可能性はあるが、あと何度か手術しないといけない。それだけではなく、少しアレルギーもあった。ストレスや疲れがたまると、てきめんに身体にくる。日々用心して暮らさないとならない。

「思いっきり身体を動かす」「無理をする」ということを、由良は何年もしたことがない。

自分なりの無理はしたんだろう、と思うようなことはあるが、普通の女の子と同じレベルではない。倒れるほどスポーツをしたり、徹夜で勉強したこともない。空を飛んだり、魔法を使えたりするのと同じくらい、由良には未知のことだった。

心臓に欠陥が見つかるまでは、人一倍元気な子供だった。電池切れになるまで遊んで、無茶をしては両親に怒られていた。

だが、今の自分はとてもいい子だ。いい子でいないと、自分が今以上に何もできないと感じてしまうから。

由良はため息をついた。病気とはうまくつきあっているつもりだが、たまにいろいろ考えてしまって、気持ちが沈む。母や友だちに話せばいくらか楽になるが、何度も同じ話を聞かせることになるし、聞いてもらいたい時に必ず話せるわけでもない。今日は母が来るのは午後になるという。弟・大地《だいち》の中学校で面談があるのだ。

大地のことを考えると、また申し訳なく思う。彼は健康で発育もよく、姉と並んでいるのに同級生か下手すると年上にも見られてしまう。だが、由良の病気のせいで、小さい頃から淋しい思いをたくさんさせている。手のかかる娘の方にばかり母の関心が行っても、わがままを言わない子なのだ。

みんなに甘えるわけにはいかない。あたしはいい子なんだから。せめていい子でいるくらい、できなくちゃ。

こんなふうに考えるのもいやなんだけど——そう思いながら、由良はベッドを抜け出た。

退院も近いので、もう体調はいい。少しずつ入院の頻度も下がっていることにも気づいている。決して見通しは悪くないけれども、先が今一つ不透明なことは不安になる。

友だちがこの間、合コンに行った話をしてくれた。別の友だちには、彼氏ができたらしい。趣味に打ち込んでいる子は、仲間の家に泊まり込んで何日も徹夜で作業したり、深夜バスに乗って遠方のイベントに参加したりしている。

「もう家族がうるさくて。ケンカばっかりだよ」

そういうグチをよく聞く。仲が決定的に悪いわけではないけれど、うまく折り合いがつかなくてゴタゴタが続くらしい。深刻な家庭事情を抱えている子はいないようだが、自分の家とはだいぶ違うと由良は感じていた。

うちは、ストレスがたまるといけないから、と家族が細心の注意を払って自分に接しているのだ。まるで由良が、壊れやすい人形のように。

本当は壊れやすくも人形でもない——と思っているが、果たしてそうなのだろうか。

午前中の談話スペースには、誰もいなかった。隅のテーブルについて、またため息をつく。あと一時間すると昼食が配られるが、最近特に食欲がない。でも、少しは手をつけないと、両親も看護師も、とにかくみんなが心配するし――。

「食べたいものが食べたいなあ……」

そうつぶやいたとたん、病院ではあまり出ないようなジャンクなものが食べたくなってきた。

食べ物にアレルギーがあるわけでもないし、止められてはいないので何を食べてもかまわないのだが、それでは普通だ。食べたことのないものというか――ぜいたくなことだが、身体に悪そうなものが食べたいのだ。

そう思って、頭に浮かんだのは、小さい頃――五、六歳くらいの頃だろうか――連れていかれた病院の喫茶店のことだった。

見舞いで行ったのか、それとも自分の治療のために行ったのかまったく憶えていない。母に訊けば多分わかるだろうが、それはどっちでもかまわないのだ。要はその時に口にしたものや目にしたものが今でも鮮烈に思い出される。

おそらく他のものも食べたのだろうが、一番よく憶えているのはスイカのこと。ただのスイカ、多分八分の一程度のスイカを先割れスプーンで食べていることばかり思い浮かぶ。塩の瓶が置かれていたが、かけて食べたかどうかはよく憶えていない。

そして、母が食べていたナポリタン。空っぽになったステーキ用の鉄板。その上には、オレンジ色の油がギトギトと残っていた。母が、

「うわっ、すごい油！」

と言っていたのも憶えている。

あんなに身体に悪そうなものが本当に病院の喫茶店にあったのだろうか、と今は思うが、それならスイカも——身体には悪くないが、それだけ出すというのも少し妙なメニューだ。あそこが本当に病院の喫茶店だったかも怪しい。食べていたのが本当に母だったのかも定かではない。

しかし、それも今となってはどうでもいいことだ。問題は、ナポリタンが由良にとって「身体に悪い食べ物」と刷りこまれたことだった。

そこまで考えていたら、どうしてもナポリタンが食べたくなってきた。今日の病院の昼食は違う。それだけは間違いない。

一階の真新しい喫茶店にも「ナポリタン」というメニューはなかった。そもそも自分自

身、食べたことがあったっけ？　家で食べた記憶もない。給食で出たような気がするが……何だかケチャップの味ばかりで、パサパサしていたような。

それなら、油ギトギトの方がまだいいだろうか？

どっちにしろ食べるためには、病院の外へ出ないといけないようだ。

由良は、自分の着ている服を見下ろす。パジャマではない。やわらかな素材のワンピースに、ゆるめのレギンスのようなパンツをはいている。楽なので、そのまま寝てしまっても大丈夫だが、いわゆる「ワンマイルウェア」という奴で、近所の買い物程度ならＯＫという部屋着だった。

これにちょっと上着を羽織《はお》れば、すぐに出られる。

そう決心すると早かった。上着を着て、靴を外用のに履き替え、ミニトートに財布を入れれば支度は終わり。すぐに外来受付に降り、たくさんの患者に交じって、外へ出た。

今朝、中庭で散歩した時は涼しかったが、今は太陽が温かかった。門を抜け、道路へ出ると、見知らぬ街が目の前に広がっていた。病院を無断で抜け出すというのはしたことがなかったが、何だかあっけないくらい簡単だった。

前の病院の周囲なら、ある程度知っていたが、この街は初めてだ。車で通ったきりだし、住所もよくわかっていない。以前の場所の隣町、というのしか。

どこかにおいしい店はないだろうか。

いやいや。おいしい店を探しにわざわざ病院から抜け出してきたわけではない。身体に悪そうな油ギトギトのナポリタンを食べようとしていたのではないか？

でも、適当に歩いていたら見つけた下町風情の漂う商店街のアーケードに足を踏み入れたら、今日はそれは置いておいていいかも、と思った。自宅近くにもこういうところはないし、前の病院の周囲とも違う。おいしそうな店がいっぱいだ。新しい店ではなく、古さを感じる店が多い。

でも、やっぱり今日は我慢だ。お目当てにぴったりの店を探さなくては。

あてもなく歩いているうちに、どこからかバラの香りがしてきた。店を探すなら、バラではなく他の匂いだろう、と思いつつ、ついその香りを追いかけてしまう。こんなにも香ってくるのなら、たくさん咲いているか、とても香りの強いものがあるはず。

しばらくまっすぐ歩いているうちに、その正体が次第に見えてきた。

角にある建物に、ピンク色のツルバラが咲き誇っていた。ツタのように建物を覆っていて、花は小ぶりで、一つ一つの香りはおそらく普通なのだろうが、これだけ大量だとわずかな風でも周囲いっぱいに広がる。

しばらく呆けてバラを見上げていた由良は、その角の建物が飲食店であることに気づいた。入り口のところに、看板とメニューの黒板が置いてある。

何気なくメニューに目をやると、燦然《さんぜん》と輝く「ナポリタン」の文字。

何と、Cランチがナポリタンではないか！

由良は、何も考えずに店へ入っていった。店の名前も、どんな食べ物屋であるかも、何も確認せず。

店に入った瞬間、バラの香りは消え、別のいい匂いが鼻に入ってきた。いかにもお昼時らしい。

店の中には客の姿はなかった。開いて間もないのだろうか。それとも、流行《はや》っていないのか。

由良にわかるはずもなかったが、

「いらっしゃいませー」

にこやかな声がかかって、ちょっとびっくりする。誰もいないと思っていたが、店員はちゃんといた。

エプロンをした自分よりも少し年上くらいの女性がにこにこ笑いながら、

「お一人様ですか？」

とたずねてくる。「お一人様」——なんか大人っぽい響き。

「はい……」

「お好きな席へどうぞ」

一人でテーブル席に座るのははばかられたので、カウンターの隅に腰掛けた。座ってようやく中を見渡した。

何だか……ちぐはぐな店だった。バラが咲き乱れる外観からこんな内装とは思わなかった。カントリー調とかアーリーアメリカンとか——店の中も素朴な洋風だとばかり思っていたのだが……この内装は、寿司屋？

白木が真新しい感じで、素朴は素朴なのだが、洋風ではなくどう見ても和風だ。音のする方を見上げると、ちゃんとテレビ置き場の棚もある。さすがに小さな液晶テレビだったが。

ナポリタン目当てで入ったのだから、別に中がどうであろうと関係ないはずなのに、由良はちょっとがっかりしていた。何しろあの洪水のように咲き乱れるバラだ。古びているけどおしゃれな店を見つけた、と思ったら——とため息まで出てくる。

いつも教えてもらってばっかりだから、今度こそ自分が教える立場に立てる、と一瞬楽しみにしたのに……。せめてもっと古びてたら——いや、見た目と味は関係ないはずだけど……。

「ご注文はお決まりですか？」

女性が水とおしぼりを持ってきた。

「Cランチをください」

とにかく当初の目的を果たそう。油ギトギトの、身体に悪そうなナポリタンを食べるのだ。

「スープが選べるんですけど、ガンボとみそ汁どっちにしますか？」

聞いたことのない単語に、由良は戸惑う。でも、ここまで来た勢いもあり、食べたことのないものにしたい気持ちになってくる。それに、パスタにみそ汁はないだろう。

「その……ガンボスープ？　にしてください」

「はい。わかりました。Cランチですー」

女性が声をかけた方を見ると、オープンになっている調理場から、

「はーい」

と男性の声が聞こえた。誰もいないみたいだけど——かがんでいるのだろうか。

「スープはガンボで」

「わかりました」

ひょこっと調理場の床で何かが動いた。小さなものだ。え、まさか犬？

だが、手前の調理台に、「よっこいしょ」と言って姿を現したのは、ピンク色のぶたのぬいぐるみだった。

ちょっと発作が起こりそうなくらい、びっくりした。一瞬、本当に目の前が暗くなったくらい。

だが、目を開けてもそこにいるのはぬいぐるみだった。バレーボールくらいの大きさ、毛羽立った身体、突き出た鼻、右側がそっくり返っている大きな耳。黒ビーズの目に、結んであるしっぽ。手足の先には濃いピンク色の布が張ってある。

その柔らかそうな手がリズミカルに野菜を刻む。玉ねぎ、ピーマン、マッシュルーム。あ、ハムじゃなくて、ソーセージだ。

刻んだ食材をフライパンに入れて、炒め始める。

「うおっ！」

由良の小さな叫びは、ぼおっ！　という音に消される。フ、フライパンから火っ、火が！　すごい……本人（？）が燃えないだろうか？

パスタ——というか麺はすでにゆでてあるものだったが、とにかく手早くて、まるで魔法のようだった。よく見ると、ちゃんと調理場は改造してあって、小さなぬいぐるみが動きやすいように床が高くなっていた。

フライパンで具と麺を炒めたら、ケチャップとウスターソースらしきものを入れ、さらに鍋からおたまに一杯、作り置きらしいソースを加えた。

「はい。スープとサラダです」

店員がサラダとスープを置いたが、由良は厨房のぬいぐるみから目が離せない。

だが、ソースが入れられたあとはひと混ぜして終わりだった。

鉄のフライパンを軽々と、熱くもなさそう（鍋つかみみたいな手だが）に振り上げ、皿にナポリタンを盛りつける。

「はい、おまちどうさまでしたー」

ぬいぐるみが、直接カウンターに置いてくれた。頭の上に掲げるようにして。

どこのおとぎの国かと思ったが、店内は寿司屋のようなのだ。そのすごいギャップに改めて驚いたまま、皿を受け取った。

カウンターのテーブルの上にはサラダとスープとナポリタンが並んだ。迷った末に、サラダから口に運んだ。ごく普通のミニサラダだ。ドレッシングはシンプルなフレンチ。

そしてスープは——赤みの強い茶色で、野菜もたくさん入っている。香りはけっこうスパイシー。でも、カレーとは違う。

「あ、辛みが足りない時は、これを足してくださいね」

飲もうとした時、店員の女性が言う。

「これ……?」

指さした小瓶には「カイエンペッパー」と書かれていた。

「一味唐辛子と同じようなものです。ピリッとした方がおいしくて、おすすめですよ」

「あ、ありがとうございます」

とりあえず、最初は何も入れずに一口。

トマトらしき酸味と野菜の甘みが広がる。辛みはあとから来た。緑色はオクラだ。オクラが入っているスープなんて、初めて飲んだ。そのせいか、ちょっととろみがある。

とろみと辛みで、いかにも身体があったまるスープだったが、夏野菜であるオクラの緑色が鮮やかで、暑い時に飲んでもいい気がした。試しにカイエンペッパーをちょっと振って、また一口。うん、これはきっと夏の食欲のない時にも食べられそうだ。

そして、やっとナポリタン。粉チーズをたっぷり、タバスコをちょっぴりかけていただく。

具はさっきも見たとおり、とてもオーソドックスで、すごくボリュームがあった。ケチャップだけではなかったから、どんな味になるのかわからなかったが、ケチャップの甘さやすっぱさはしっかりあるし、あとを引く感じはかなりジャンクフード的なのだが、それだけじゃない、もっといろいろなうまみを感じるような味だった。あの鍋から入れていたソースのせい？

由良ごときが偉そうに言えるようなものではないが、想像したものとはだいぶ違っていた。一口食べると急にお腹が空いてきて、パクパクといつもでは考えられないような勢いで食べ始める。

気がつくと、サラダもスープも、もちろんナポリタンもきれいにたいらげていた。最近、病院の食事は残してばかりだったのに。

しかも驚いたことに、昔母が驚いたように、皿に油がびっしり、という状態にはなっていなかった。ソースが油と分離していなかったのだ。

身体に悪いものを食べようと思っていたのに、何だか拍子抜けした気分だった。こんなことを思う自分の方がおかしいとわかっているのだが、スープといいナポリタンといい、辛さや色にインパクトはあるけれども、妙に身体に優しい。ように思える……。

でも、決して今流行りの健康食とか無農薬野菜とか、そういうものを前に出しているわけでもないし、だいたいとても安いのだ。そして、店が古いわけでもないのに、大した思い出もないはずの高校生の由良でさえなつかしいと思う……。

ランチ時の食後のドリンクが百円、というのに惹かれたが、店には少しずつ人が増え始めていた。中年男性の方が多いが、若いＯＬ風の人が一人で来ていたり、大学生風の男性がサービスの大盛りを頼んでいたりしていた。

のんびりできる雰囲気ではなかったので、由良は席を立った。それに、早く帰らないと誰か気づいて心配するかもしれない。

席を立つ前に、カウンターの中をさりげなくのぞいてみる。ぶたのぬいぐるみは、忙しくフライパンを振り、食材を切ったり、揚げ物をしたりしていた。

揚げ物――それもまた身体に悪そうな。

今度来た時は、揚げ物を食べてみよう、と由良は思った。

視線に気づいたのか、ぬいぐるみが顔をこっちに向ける。

「ありがとうございましたー！」

小さい身体なのに、大きな声で、なおかつ大人の声だった。しかも、彼は笑っていた。

それに笑顔を返さずにはいられない。

病院に戻ると、ベッドのテーブルの上には昼食のトレイが置かれていた。野菜と魚中心の薄味のメニュー。入院したのはここだけではないので、ここの病院の食事がおいしいことは充分わかっている。だから残すのは悪いと思いつつ、とてもこのお腹では食べられない。

それでも、野菜のメニューとごはんをちょっとつまんだ。少しは減らしておかないと、看護師に心配される。最近食欲がないので、あまり食べないことは何とかごまかせるとは思うが、まったく手をつけないわけにもいかない。

午後になってから、母がやってきた。制服姿の大地も一緒だった。母はちょっと疲れた顔をしていた。

「由良、なんか顔色がいい」

生意気にも姉を呼び捨てする弟。

「そうかな。あったかいからじゃない？」

「外に出たの？」

母に問われてちょっとぎくっとなるが、

「うん、散歩には出たよ」

それは午前中の習慣だった。病院の外ではなく、中庭でだが。

「もうすぐ退院だって先生が言ってた」

「うん。あたしも言われたよ」

「よかったじゃん」

大地が、談話スペースに置いてある本棚をのぞきこみながら、あまり感心なさそうに言う。

「あんたはどうなの？　今日面談だったんでしょ？」

「俺は変わらないけど」

大地は国立か都立の高等専門学校を目指していた。由良は、果たしてそれが彼の本心から選んだ進路なのか、少し疑っていた。今はぶっきらぼうに見えるが、幼い頃は人一倍気を遣う子だったから。

大地の成績だったら、どこにでも入れるだろうけれども——私立ではなく公立、という選択肢でしか選ばなかったのではないか、と思えてならなかった。まだまだ完治しないということは、これからも医療費やら何やら、とにかくお金がかかるということだ。彼が私立高校へ行きたいと言えば、両親はきっと行かせるだろうけれど、もしかしたら先回りして自分で決めてしまった進路なのかも……。

それを問いつめる勇気は、由良にはなかった。

「由良、明日からちょっと来るのが午後になるの」

母が申し訳なさそうに言う。

「叔母ちゃんが足を痛めちゃったから、お手伝いに行くのよ」

叔母——母の妹は、姑の介護を家でやっているのだ。近くに住んでいるし、何かあると、お互いに助け合っている。

「買い物とか外ですます用事をやるだけだから午前中だけなんだけど」

「大丈夫だよ、もう退院なんだし」

「なるべく顔を出すから」

来なくてもいい、ということを、うまく言える自信がなくて、由良は黙ってうなずいた。口に出すときつくなってしまいそうなのだ。こっちはもう退院が近いんだから、疲れているだろう母はそのまま家に帰って休んでほしいと思うのだが、うまく言えないと悲しそうな顔をさせてしまう。

来たとしてもなるべく早く帰宅させるように、がんばってみよう、と思ったが、どうしたらいいのか由良にはわからなかった。


次の日もあの店——キッチンやまざきへ行った。ちゃんと入る前に、店名を確認したのだ。

どんな店名なら似合うだろうか、といろいろ考えたのだが、結局何も浮かばなかった。浮かぶのは、ぬいぐるみの点目ばかり。

あれを前にして、自分も驚いたことは驚いたが、出ていってしまう人もいるんだろうな、と思った。でも、出ていくというのも、ある意味冷静ではないだろうか。瞬時に「ここで食べたくない！」とか、「怖い！」と反射的に感じて踵《きびす》をかえせるのだから。

由良のように思考停止してしまうと、巻き込まれて食べてしまって、「おいしいからいいや」ということになる——のか？

店で食べていた人たちは、どんなふうにこの店へやってきたのだろう。

しかし、十一時の開店時にはやはり誰もいない。昨日は十一時半を過ぎて、やっと人が来始めた。

昨日と同じ席に座った。期せずして、最適なところに座ったな。昨日は自画自賛したのだ。

今日のランチは揚げ物と決めて来たので、ここはやはりBのミックスフライ定食か。Cランチは昨日と変わらずナポリタン。Aランチは日替わりで、何と今日はオムライスだった。

オムライス！　この名前自体にもわくわくするし、それをあのぬいぐるみが作ると思うと、さらに楽しそう。どんなオムライスなのかな。オーソドックスなオムレツ風？　広げた薄焼き卵を載せたもの？　卵はやっぱりとろとろの半熟か、中身はチキンライスなのか、それとも独特のものなのか——。

ちょっとふらついたが、揚げ物食べたさには勝てず、Bランチを頼む。

今日のスープは、定食なのでみそ汁にしてみた。

「今日のフライはイカとアジとコロッケです」

と昨日とは別の女性が説明してくれた。三十代くらいの人だ。

「イカとアジは同じですけど、三つ目が替わるんです」

コロッケが当たりかどうかはわからないが、他にはどんなものがあるんだろう、と想像しながら、調理の様子を見る。

揚げ物もフライパンでやっていた。少なめの油で、頻繁にひっくり返す。揚げ焼きという感じだ。

客は由良しかいないのに、なぜか揚げ物の間にぬいぐるみは卵をかき混ぜ始めた。別のフライパンに油を引いて、ご飯を炒め出す。気がつかなかったが、もう一つ別のフライパンでは薄切りの豚肉が焼かれていた。

豚肉！　とんかつ屋の看板によくぶたが描かれていたりするが、そんな世界がリアルに繰り広げられている。

どのフライパンに目をやっていいのかわからないでいたら、すでにサラダとみそ汁が目の前に置かれていた。みそ汁は豆腐とわかめだ。サラダは昨日と同じ。今日はドレッシングをよく味わってみる。酸味が効いていておいしい。

「はい、ミックスフライお待ちどうさま」

昨日と同じに、ぬいぐるみが手渡してくれる。同時にご飯も来た。皿ではなく茶碗だ。ミックスフライのつけあわせは、千切りのキャベツとポテトサラダ、ちょっとだけのナポリタン。何だか得したような気分になる。

すぐに食べたいのに、いまだに料理を続けているぬいぐるみが気になって仕方がない。手早く半熟の薄焼き卵を作って、その上に炒めておいたチキンライスを載せて——。

「うっ」

見物しながら無意識に口に入れたイカフライの熱さに驚く。そして、すっと嚙みきれる柔らかさに感動しているうちに、何とオムライスができあがってしまった！

黒いプラスチックトレイに載せられたそれは、まさにお弁当だった。そして、豚肉の薄切りはケチャップ色の炒め物に変わっていたけれども、何だかわからないまま、やはりプラスチックのパックの中に——。

お弁当もあるんだ……。

もっと混んでいたら、どんなことになるんだろう。あれもこれも、と時間差で料理していくのを見ていると、食べるのも忘れてしまいそう（実際は見ながらしっかり食べている）。

明日はもう少し遅く来ようか……けど、あんまり遅いと、お昼の食器がそのまま下げられてしまう……。それは避けたい。退院がなしになったりしたら困る。

三十分くらい遅めだったら、平気かな。なるべく急いで食べて帰れば。

明日は何を食べようか、と由良はだんだん楽しみになってきていた。

次の日、十二時近くに店に着くと、席は半分ほど埋まっていた。それでも同じカウンターの隅を確保できた由良は、わくわくしながらぬいぐるみの手さばきを見守った。

今日は注文の時に、勇気を出して訊いてみたのだ。注文をとったのが昨日と同じ女性だったから。

「あの、昨日お弁当で見て、食べたいと思ったんです。豚肉と玉ねぎの炒め物の名前は？」

「昨日のお弁当？　ああ」

女性はにっこりと笑った。

「あれはポークチャップです」

「ランチじゃないですけど、それも定食で食べられるんですか？」

「ええ、大丈夫ですよ」

昨日から気になって仕方なかったのだ。

ぬいぐるみは、調理場の中でずっと食材を切り、塩やコショウを振り、炒めたり揚げたり、見事に鍋を振ったりしていた。その小さな柔らかい手が作った料理はみんなおいしそうで、全部食べたくなってしまう。

注文したポークチャップは、想像していたのと違っていた。炒め物ではあるのだが、薄い豚肉はカリッと揚げてある。歯ごたえのある玉ねぎとケチャップの味が強い甘めなソースと絡んで、ご飯が進む進む。大盛りにしてもらえばよかった、と思うほど。

食べたり見たりで忙しく、店にいる人の観察までしていたら、いつもよりもずっと時間がかかってしまった。

十二時半過ぎに店を出て、急いで病院に戻る。病室に着くと、手のつけられていないトレイを、仲良しの看護師が渋い顔で見下ろしていた。

あっと声を出してしまったので、彼女が振り向く。

「どうしたの？　全然食べてないじゃない？」

責めるような口調ではない。事実を淡々と述べている、という感じだ。

「食欲、相変わらずない？」

どう答えたらいいのか……。朝は全部ではないけれども、ある程度食べている。昼を外でもりもり食べているので、夜はあまりお腹が空かないから、やっぱり半分ほど。

ほとんど食べていないと思われても仕方がないが、由良が病院を抜け出して外で食べているとは夢にも思っていない様子だった。

「そうですね……」

何となく曖昧《あいまい》にごまかすしかなかった。全然食べていないのを見つかったのは今日だけだし、まさか退院が延びるなんてことはないだろうけど……ちょっと不安になる。

次の日は、いつものとおり、開店してすぐに着くように出かけた。いつもよりも、見つからないように注意して。

でも、途中で顔見知りの病院職員たちを見かけてしまう。しかも、方向が同じだ。どう見てもお昼に行く様子だし。

彼女たちも、あそこへ行くのかなあ……。あれだけおいしいのなら、行っても不思議じゃない。いつか抜け出しているのが見つかるかもしれない。でも、その前に退院する方が早いかもしれないが。

仕方なく病院へ戻ろうとしたが、帰ったらあの昼食を食べなくてはならない、と思ったら、少し歩みがのろくなった。まずくはないんだけど……むしろおいしいんだけど……病室で、一人で食べるからだろうか、やっぱり味気ないのだ。

急激に食欲が失せてきた。

よし、今日は別のものを食べよう。店はあそこだけではない。もっとおいしいところだってあるかもしれない。それが見つかる可能性は運次第だが、せっかくだからこの街をもう少しうろついてみよう。

キッチンやまざきは住宅街の中にあるのだが、少し歩けばにぎやかなアーケード街に出る。そこにはたくさんの店が軒を連ねていた。

食欲が少し復活してきたが、こうなるとどこにするか迷う。ファストフードや全国チェーン店もあるし、牛丼屋は向かい合っているし、ラーメン屋も多い。

アーケードの中を物珍しげにぶらぶら歩いていると、とんでもないものを見つけてしまった。

何とあの洋食屋のぬいぐるみが、たこ焼き屋の前のベンチにちんまり座っていたのだ。自分の身体の半分くらいありそうなたこ焼きの入れ物（舟型）を持って、もぐもぐと鼻を動かしているではないか！

えぇーっ！　でも、今はもう店が開いているはず。何なの、この街は。もしかしてあのぬいぐるみが何人もいるんだろうか？

呆然と歩道に立ちすくんでいると、向こうが先に気がついた。

「あっ！」

ぬいぐるみが声をあげたことにびっくりした。それってこっちが誰かわかってるってことだよね。ちゃんと憶えているってことだよね？

由良は自分から近寄ってみた。ぬいぐるみはもぐもぐと鼻を動かしながら、視線をはずさない。

「こんにちは」

中年男性の声がした。

「最近、よく店でお見かけしますね」

ナンパされてる⁉ と一瞬思ったが、それはもちろん、店——キッチンやまざきのことしかない、と思い当たる。ということは、この声はぬいぐるみのもの⁉

いや、もちろん知っていたのだが。だって「おまちどうさま」とか「ありがとうございます」って言ってたし。

でも、店で聞くのと外で聞くのとの違いがこれほどあるとは思わなかった。あそこは隔離された世界だったのだ。でも、ここは外——由良の世界、病院や自宅や学校——いろいろなところとつながっている。

由良は突っ立ったまま、ぬいぐるみを見下ろして固まってしまう。少し心臓がきゅっとなった気がしたが、あっという間に冷静になる。深呼吸して——びっくりはしたけど、初めて見たわけでもないし、驚くなら最初に驚けばよかったではないか。何で今更——。

「由良！」

背後から名前を呼ばれて、我に返る。

「由良、どうした⁉」

突然、後ろから支えるように、肩をがしっとつかまれる。びくっと震えたが、身体の緊張は解けた。

「大丈夫か!?」

振り向くと、大地が立っていた。私服姿だ。

「何で？　どうしているの？」

学校は？

「今日、創立記念日」

大地が怒ったような声で言う。そういえばそうだったかもしれない。由良と大地は同じ中学だ。よく休んでいた自分はあまり憶えていないが。

「それより、大丈夫か？　具合悪くなったんじゃないのか？」

「平気だよ」

もう何ともない。自分でもほっとする。

けど、ちょっと反省した。元々具合が悪くて入院をしたんだから――お昼をあきらめた時点で病院に帰ればよかったかもしれない。

はっ、お昼で思い出した。どうしてぬいぐるみがここにいるの？

「あのっ、今日お店は!?」

突然話しかけられてびっくりしたのか、ぬいぐるみはしばらく固まったのち、無言のまま、傍《かたわ》らの紙コップを両手でつかむと、ストローで飲み物をちゅーっと時間をかけてすすった。すると、喉のあたりが急にへこんだように見えた。

そして、大きくため息をつく。

「はあーっ、苦しかった……」

今、もしかしてあたしよりもこのぬいぐるみの方が危なかった？

「店は休みです」

「休み？」

「そうです。五のつく日が休みなんです」

そんな変則的な休みだなんて、知らなかった。気にしたこともなかったし。店の中に書いてあっただろうか。

「ぬいぐるみが動いた！」

後ろで大地が騒ぎ始めた。

「しゃべったし！」

声が大きい。何だか注目を浴びてる？　あたしたち。

「大地、ちょっと騒がないで」

「何落ち着いてんだよ、由良！　どういうこと⁉」

「どういうことって……あたしこそ、わざわざ休みの日にあんたがここにいるのはどういうこと？」

由良がたずねると、いきなり大地は黙りこくる。

ぬいぐるみは、由良たちを見上げながら、また飲み物をちゅーっとすすった。

「座ったらどう？」

別の人の声がして、あたりを見回す。今度はおばさんの声！　と思ったら、たこ焼き屋の店先から女の人が顔を出していた。

「座って、ゆっくり話しなさいよ」

ぬいぐるみがそれに答えるようにお尻をにじにじ動かして、二人が充分座れるスペースを空けてくれた。そのにじにじする動作が面白くて、しばし見とれる。

せっかく空けてくれたので、

「座ろ、大地」

由良が言っても、彼はふてくされたような顔をしたままだったが、

「座れば？」

とぬいぐるみに言われて、またびっくりした顔をし、迷った末、あきらめたように座った。

「あ、何か買わないとダメかな？」

由良が言うと、たこ焼き屋のおばさんはにっこり笑った。

「たこ焼き二つください」

おいしそうだったし。

「はーい、ちょっとお待ちくださいー」

「由良、俺、金ない……」

おばさんの大声に、大地の急に情けなくなった声がかぶさる。

「たこ焼き買うお金もないの!?　どうやってここまで来たのよ？」

「だってＳｕｉｃａだし……」

「おごってあげるから、安心していいよ」

おじさんの声。ということは、これはぬいぐるみのセリフ。

「大丈夫です。あたしが出します」

「弟さん？」

「あ、よくわかりましたね」

ちょっとうれしい。

「だって、顔が似てるから」

「あたしが小さいから、この子の方が兄に間違われるんです」

しかし、今の会話を聞いていれば、何となくこっちが姉というのはわかったかなあ、と思う。

ぬいぐるみはまだたこ焼きをもぐもぐ食べていた。とてもおいしそうだ。

「ここのたこ焼きはおいしいんですか？」

「うん、おいしいですよー。彼女の焼き加減は絶妙なの」

「ぶたぶたさんにそう言ってもらえると、自信ついちゃうな〜」

おばさんがたこ焼きを焼きながら、うれしそうに言う。ぶたぶたさん？

「ぶたぶたさんって言うんですか？」

「そう。山崎《やまざき》ぶたぶたっていうんです」

名前だ。このぬいぐるみの名前。

教えてもらって、由良はひどくうれしかった。

「ああ、だからキッチンやまざき――」

「由良！」

焦れたように大地が声をあげる。

「何ぬいぐるみと普通にしゃべってんの⁉」

そう言われると、何と答えたらいいのかわからない。あたしも立場が逆だったら、きっと同じことを大地に言っていただろう。

「それより、何であんたがここにいるかだよ」

なので、質問をすり替えてみた。案の定、大地はうろたえる。

「それは……たまたま」

「たまたま？　お見舞いでもなくて？」

はっとしたような顔をした。

「そうだよ、由良の見舞いに来たんじゃないか！」

頭はいいが、どうも嘘は下手らしい。

「病院とは全然方向が違うでしょう？」

　この商店街は、病院の最寄り駅からはだいぶ離れている。

「け、けど、本当にお母さんの代わりに来たんだよ。今日は休みだし、お母さんはやっぱり午後からじゃないと来れないし……。そしたら、病院にいないし」

「病院？」

　ぶたぶたが驚いたような声で言う。

「お嬢さん、もしかして、入院してるんですか？」

　バレてしまった……。

「そうです……。もうすぐ退院ですけど」

「もしかして——」

　ぶたぶたの言う病院名にうなずくと、

「あー、たまにいらっしゃいますよ。食事制限はないんですか？」

「ないです」

「よかった。今んとこ食べちゃいけないもののある患者さんは来たことないんですけど」

　大地は、またよくわからない話を始めた二人を見比べている。

「何の話をしてるの？」

ぶたぶたは由良を見た。そう、彼の口から大地に説明してもらうわけにはいかない。

「はい、おまちどうさま」

その時、たこ焼きがやってきた。大ぶりなたこ焼きが八つ。かなり熱そうだ。

「食べよ。お腹空いたし」

大地に言うと、渋々質問をあきらめたようだった。むっとしたまま、たこ焼きを丸ごと口に入れる。

「ああっ……！」

由良とぶたぶたの声が見事に揃った。そんな無茶なこと！

そのあと、大地は静かに大騒ぎをした。熱いからって吐き出すわけにもいかず、叫ぶわけにもいかず。身体をくねくねしながら我慢しているので、仕方なく冷たいお茶を買って渡してあげた。

「うー……やけどした……」

ぼやく大地の隣で、由良はたこ焼きを半分に切り、吹いて冷ましてゆっくり食べた。それでも充分熱い。よく焼きたてを丸ごと食べようなんて思えるものだ。

「熱すぎて、味がわかんねー……」

「いや、おいしいよ」

ぶたぶたは最後の一つを食べ終わるところだった。だいぶ冷めているらしく、ぱくっと一口で。もぐもぐする口というか鼻というか顔全体というか……本当に、見ていて飽きない。

「ぶたぶたさん、熱くなかったですか？」

「大丈夫。猫舌じゃないから」

「猫じゃねえし……」

大地がお茶を飲みながら、ぼそっとつぶやく。

「——って、ごまかされねえからなっ」

意気消沈したかと思ったが、すぐに復活した。

「そのぬいぐるみは？　店って何？　どうしてさっき病院にいなかったんだよ？」

矢継ぎ早に大地は質問をしてくる。もう二度と遮らせない、と固く決心しているようだった。

隠すようなことではないので、由良は話すことにした。

「ごめんね。ここ何日か、このぶたぶたさんのお店でお昼を食べてて」

大地の顔が、ショックからか歪んだように見えたが、そもそもなぜそんなにショックを受けなければならないのか？

「えっ⁉　ぶたぶたさん⁉　お店⁉　お昼⁉」

「……それを訊いたんでしょ？」

「全部つながってるの⁉」

やっぱりショックを受けていたようだった。というより、答えが一つだけだったことの方にか。

「じゃあ、最近食欲がないって……」

「ああ、でも、それはほんとだったんだけどね。朝は家でもあんまり食べられないし……動かないからお腹も減らないし。薬飲むために食べてるって感じだったかなあ」

どうしても空っぽの胃に薬を入れるのは怖かったから。

「お母さん、心配してたよ」

「そうなの？」

「先生に言われたらしい」

看護師に一度全然食べていないところを見られたから、だろうか。

「だから、今日は休みだから、俺がお母さんの代わりに午前中から行こうと思ったんだ。そしたらいないし。窓から外見たら、門から由良が出ていくとこだったから、あとついていったんだよ」

「尾行したの!?」

全然気がつかなかった。

「ぽやぽや歩いてるから、楽に尾行できた」

失礼な奴だ。

「ちゃんと食べてるなら、先生じゃなくても、お母さんに言えばよかったのに」

「だって……」

その理由は、何となく言いづらい。特に、隣にぶたぶたがいる状態では。

「何となく、外で食べたかったの。そういうこと、したことなかったし」

一日で満足するかと思ったのに。

あのナポリタンが、本当に身体に悪そうなものだったら、一日でやめていたかもしれない。

いや、身体にいい悪いなんて関係ない。

単においしかったから、もう一度来よう、と思っただけだ。

「あんたにまで気を遣ってもらって悪かったよ。せっかくのお休みなのに」

受験生だし、平日の休みなんだから、どこかへ遊びに行ったってよかったのに。

「気を遣うとか……姉弟《きょうだい》なのに、そんなのないよ」

大地が憮然として言う。

「でも――」

この際だから、言ってみようか。ずっと気になっていたことを。

「大地……もしかして、無理に公立に進学しようとしてるんじゃないの？」

「はあ？　何で急にそんな話になるの？」

自分の中ではつながっているのだが。

だが、大地はすぐにわかったようだった。

「無理なんて、そんなのないよ。俺、やりたいことあって――早いうちから専門的なことがやりたいって言ったら、先生から推薦されたんだ。大学に行きたければ、卒業したら編入できるし」

「……そうなの？」

普通の専門学校とどう違うの？

「由良、高専のこと何も知らないだろ」

「……う、うん」

高校に行かない、というのがショックだったのだ。自分のせいだとは、まさか思わなかったが、万が一にでもそういうことだったらどうしよう、と思っていた。

「しっかりしてるねえ、弟くん」

ぶたぶたが感心したように言う。

「もしかして、推薦？」

「……多分」

ちょっとひきつった顔だったが、大地は答えた。

「おおー、優秀だ」

ぽふぽふと手を叩いた。

「そ、そんなことないけど……」

大地は、ふいに照れたようにうつむく。

「さ、冷めちゃうからたこ焼き食べなさいよ」

「あ、はい」

はふはふ食べていると、大地が由良の耳元でこそっとつぶやく。

「あの……ぬいぐるみの店ってさ」

「うん？」

「おいしいの？」

「おいしいよ」

このたこ焼きも、ぶたぶたの言ったとおりおいしかった。

退院するのが残念なんて思うことがあるとは、考えてもみなかった。


由良の退院の日、家族四人でぶたぶたの店〝キッチンやまざき〟へ行った。

自分以外の家族の顔があまりにも面白すぎて、笑いをこらえるのに苦労した。だが、女性店員がぶたぶたの妻と知った時は、さすがに一緒に驚いてしまった。もう一人の若い女性が娘だったりしたらどうしようと思ったが、彼女は大学生のアルバイトだった。

この際だからと食べたかったものをみんな注文した。ものすごい量になったが、由良はかなり食べた。がんばらなくても、ここのはおいしいから入るのだ。

食欲旺盛な娘を見て、母は少し涙ぐんでいた。

一番食べたのは、大地だった。それは多分、照れ隠しでもあったと思う。あの日から、ここに来るのを楽しみにしていたのは、彼なのだから。

「またみんなで来ようね」

帰る時に、四人でそう言った。

でも、また一人でも行く。何人でも行く。

きっとずっと通うことになるんだろう、と由良は思った。

鼻が臭い

鼻に何ともいいようのない臭《にお》いがしみついてしまった。

風邪の治りかけの頃のような感じだ。風邪をひいていたわけでもないのに。それとも、知らない間にひいて治っていた？

鼻の中が乾燥しているせいなのかな、と雪屋映一《ゆきやえいいち》は思った。ずいぶん昔にも同じようなことがあって、その時は病院へ行ったのだが、アレルギー反応が鼻の中（内視鏡で見たのだ）に多少出ている程度で、他に異常はない、と言われた。

あれからずいぶんたっているし――あの時はゴムが焦げたような臭いだったが、今回は石鹼《せっけん》のようにも思えて一瞬いい匂いとも言える複雑なものだ。

いったい自分の鼻はどうしてしまったのだろうか。どうせしみつくなら、好きな匂いの方がいいのに。

そんな話を妻にしたら、はたと気づいたように言う。

「そういえば、最近あなた、前より食べないよね？」

……そう言われてみればそうかもしれない。食欲があるかないかも、意識していなかったけれど。

「やせてきたから、いいかなって思ってきたけど、気をつけてたわけじゃないの？」

「いや、別に何も」

朝は出ているものを食べ、昼は買ってきたものか外食ですませ、夜も家では用意されているし、会社の人間と一緒なら連れだって食べている。

とはいえ、よくよく考えてみれば時間が来たから食べる、という感じだった。言ってみれば機械的。何を食べているのか、はっきり言ってよく憶えていない。前はおかわりなどもしていたように思うが、今は出されたものがなくなればそれで食事は終わりだ。

これではまるで、食事ではなく餌のようではないか。

「……気づかなかった方がよかった、みたいな顔してるね」

妻が呆《あき》れたようにも心配そうにも見える顔で言った。

「俺、もしかして口に出してた？」

「出してた。作ったものを餌って言われるのはどうかと思うけど、気持ちはわかる」

何と冷静な女だろう。結婚してからこいつに感心したこと、あったっけ？

「健康診断で悪いところはなかったけど、これって悪いのかな？」

「悪いんじゃない？　鼻が利かないってことでしょ？」

「いや、そんな利かないわけじゃないと思うけど」

少なくとも日常生活に支障はない。違和感もなかったし……。本当に気づかなければよかったのかも。気づけば気になるのは当たり前だ。

「食べ物の匂いがしないのにも気づいていないかもしれないね」

映一の、のほほんとした様子に特に気に病む心配もないと思ったのか、妻は言う。

「精神的なものなんかな……」

「それにしては悩んでるようには見えないけど？」

何だか鼻で笑われたような気がするが、自分でもそう思うので仕方ない。

「とりあえず、食事を意識して食べることよね」

偉そうに言われて、ちょっとムカッと来たが、うなずくしかない。家の食事くらいは味わわないと。

意識し始めると、今度は気になって仕方がない。

匂いが完全にしないというわけではないようなのだ。一応わかる。わかるけれども、通常でも何だかわからない匂いがいつもしているので、昔と比べるとずいぶん利かなくなっているのでは、と不安になる。

結局、病院にも行って、今回はレントゲンや細菌検査までしたのだが、診断は昔とほとんど同じだった。多少の乾燥は見られるものの、異常はないと言われる。

「精神的なものかもしれませんね」

何でもないことのように言われて、かえってそっちの方がショックだった。心当たりというか、そんなにストレスを抱えているつもりはないのだが……。

病院に行くべきではなかったかもしれない。何か病気がわかるのもいやだが、それがなくて「精神的なもの」と言われると、思い悩まなくてはいけないように思うではないか。

「思い悩むんじゃないのよ。分析するの」

まるで鬼コーチのように妻が言う。

「何で?」

「あなたのことだから、むやみに悩めばいいとでも考えると思って」

これまた的を射ていて、腹が立つ。

「元々悩み慣れていない人がそんなことしたら、迷宮入りするのが目に見えてるよ。悩むんだったら、筋道立てて考えなさい」

悩み慣れていないとは聞き捨てならないが、そうかも、と思えるくらいに説得力があるところがくやしい。

「何に匂いを感じて、何が弱いのか記録しなさい」

めんどくさい――と思いつつ、なぜか逆らえない雰囲気に押されて、約束させられる。

夏休みの宿題のように家に帰るとメモった内容を点検される。

これはこれで、充分ストレスのようにも感じるが……。

まあでも、慣れるとそんなにめんどくさくもなかったりする。

「ダイエットですか？」

よく会社で訊かれたが（男女分け隔《へだ》てなく）、適当にうなずくと、

「レコーディング・ダイエットですね」

と勝手に納得してくれるのも楽だ。

「雪屋さん、偏った食事してましたからね」

「そう？」

あんまり憶えていないが。

「一週間昼が全部カレーとかラーメンとか、割と普通でしたよ」

一週間全部カレーとかラーメン……。どれだけめんどくさがりなんだろうか、俺は。

そもそも昼が手作り弁当だったら、どんなに楽か、と思ったり。その分こづかいを削られそうだが。

「それをやるなら来年から」

上の子が高校生になってから。通っている中学は給食があるのだ。下の子はまだ小学生だし。

「だいたい食事時間が不規則なのに、難しいよ、それ」

それもそうだな、と思う。ちょっと変則的な職場だし、休みが土日と決まっているわけでもない。弁当を食べないでそのまま持って帰ったら、どれだけ怒られるか。そっちの方が怖い。

「それで、どんな感じなの？」

何だか偉そうだな、と思いつつ、メモ帳を見せる。細かくつけてみた。我ながら大作だ。

と言っても、昼食メニューだけなのだが。

ポイントは三つ。なるべく和食。なるべく野菜。なるべく同じメニューは避ける。

それだけでも、だいぶ偏らなくなっていたが、

「気づいたことがある」

「何？」

「味もよくわからない」

「……それは……鼻が利かないとそうだって聞いたことあるけど」

ただ、「よく」わからないだけで、完全にわからないわけではないのだ。それは、匂いと大して変わらないということ。気にならないと言えばならないし、気になると言えば気になる。今までは少しも気にしなかったが、今は少し気になる。その程度の違いだ。

「あなたの心の闇が見えてくるんじゃないかと思ったけど」

「そんなのないよ……」

ないといけないのだろうか、と何でも不安になってくるから、余計なことは言わないでほしい。

「基本的に、家の食事はまあ味も匂いもわかるけど、他のは……」

そこまで言って口ごもる。

「他のは何？」

「うーん、ぶっちゃけ何にも感じないっていうのが正しいかなあ」

本音を言ってしまうと、食事に楽しみがないのだ。家の食事もよく考えたら一人ですることが多い。鼻のことに気づいた時からなるべく家族ととるようにしたら、少しだけ匂いや味がわかるようになった気がするが、これ以上時間を増やすのは無理だ。

そういうワーカホリックなところが本当はいけないのかもしれないが、

「あんたは仕事に恵まれてるから、そんなに気にしなくてもいいんじゃない？」

会社自体、この不景気に割と影響受けずにやっていられる状態だし、何より人間関係のストレスがほとんどないのだ。それは本当に恵まれている。基本的に「ストレスに強い体質」らしい。自分ではさっぱりわからないのだが、「そこが強いところなんだよ」と言われる。

何なんだ、それっ。

鼻が多少乾燥気味というのもちょっと気になってはいる。加湿器は冬には使うが、よく耳鼻科で使われる鼻に当てる吸入器なども買った方がいいのだろうか。

「花粉症対策で買ったけど、すぐに使わなくなったでしょう？」

と妻に提案したら、

と言われる。そういえば、花粉症にも関係あるかもしれないのだが、それもあんまりひどくないのだ。

「とにかく、乾燥しないようにちょっと気にするくらいでいいのよ。たとえば、マスクをするとか」

そのくらいなら楽にできることだが、それ以上に気をつかうとしたら――普通のサウナではなく、スチームサウナに入るとか。

「うーん、そうなると……楽しみがなくなるなあ」

映一は無意識にため息をつく。

「ああ、サウナで勝負をしてる人」

いや、勝負しているのは自分の方だけで、向こうは知らない。

その人は、近所のスポーツクラブでよく会う人で、サウナで一緒になるのだ。というより、その人がサウナに入ると、映一もついていく、というだけ。その人といつもサウナにどっちが長く入っていられるか、密《ひそ》かに勝負しているのだ。一人で。勝手に。

いつも負けているが。一勝もしたことがない。

「そんなにくやしいの？　サウナで負けたくらいで」

この話をすると必ず笑われるが、くわしい事情は誰にも話したことがない。妻にさえ。

なぜなら、その勝負の相手というのが、ぶたのぬいぐるみだからだ。

バレーボール大のピンク色のぬいぐるみ。目は黒いビーズで、大きな耳は右側がそっくり返っている。しっぽはかわいく結ばれていて、突き出た鼻は今にも話し出しそうだが、一度も声は聞いたことはない。

いや、しゃべるかどうかもわからないのだが。

最初に見た時は、単なる忘れ物だと思った。しかし、それにしてもどうしてサウナにぬいぐるみ、と考えていたら、突然動き出したので——気絶するかと思った。あわててサウナ室を飛び出して、水風呂に浸かったことを昨日のことのように思い出す。はうはうしながらサウナ室のドアを凝視していたら、何でもないふうにあのぬいぐるみが出てきたので、さらに気が遠くなりかけた。

あれで身体を洗う人がいてもおかしくない存在なのだ、あのぬいぐるみは。

しかし、他の人は特に何も感じていないようで——というより、すれ違いざま、なんか会釈してるし！

ここは比較的新しいスポーツクラブで、トレーニングルームなどでは見たことがないので、何でいるのかよくわからないけれども、とにかく映一以外で驚いている人はあまりいないのだ（何人かいたけど）。

それ以来、何となく見つけるようになって――よくサウナに入っているので、ついあとをついていくようになり――何となくこっちが一方的に「負けない！」と思うようになり――そしていつも負ける。

何しろあっちはぬいぐるみだし。

ぬいぐるみなのに、どうしてサウナに入る必要があるのかわからん！

いつもそう思うのだが、それを本人に訊く勇気はない。よく顔を合わせる者同士として、会釈まではするようになったが、話したことはないのだ。話しかけるととんでもないことを言いそうで怖い。

みんなそう思っているに違いない――と思いたい。

とにかくサウナはスチームの方に入ることにした。

しかし、競争する人もいないし、何だかせいろの中のシュウマイみたいな気分になるばかりで、いつもすぐ出てしまう。鼻の調子がちょっとよくなった気がしないでもない、というのだけがなぐさめだった。

そんなある日の午前中、いつものようにサウナから出て更衣室に入ると、偶然にもロッカーがそのぬいぐるみと隣り合わせだった。

いつものように緊張しながら会釈をして、着替え始めるが、

「あの――」

何と向こうから話しかけてくるではないか！　お、おじさんの声だ！　いや、当たり前だ、さんざ男性用の風呂と更衣室ですれ違ってきたのだから、何を今更！

心臓が急にバクバク言い出した。風呂に入ったばかりだというのに、大量に汗かいてきたぞ。

「最近、サウナに入らないんですね？」

ぱっと振り向くと、下から点目が見上げていた。ううっ、何だか責められているような気がする！　いやっ、気のせいに決まってる。点目なんだから！

「あ、はい、今はスチームに入ってて……」

声が上ずる。

「あー、そうなんですか。だから最近行き合わなかったんですね」

にっこり笑ってそう言った。何と自然にそう思ったことか。ぼおっと、見とれるくらいだった。

「いつも何だかつらそうにしてらしたけど……スチームの方が楽ですか？」

うっ、不覚にも見破られていたかっ。

「いえ、スチームの方がつらいです……」

つい本音が出てしまう。時間で言えば、スチームは普通のサウナの半分も入っていないだろう。

「えっ、じゃあどうして？」

ほんの少し点目を見開いて無邪気な問いかけをしてくるぬいぐるみに逆らえる人がいるとは、とても信じられない。

ということで、映一は事情を、山崎ぶたぶたという名前のぬいぐるみに話した。スポーツクラブのラウンジで。二人でカフェラテなどを飲みながら。

誰かに言いたかった、というのもあるのだ。妻とは話しているけれども、何しろ鬼コーチだし。友だちとはなかなか会えないし、長電話をするようなタチでもない。いくら雰囲気のいい会社でもそんなことは話せないし、余計な心配もかけたくないし——なので、第三者にちゃんと話したのは、彼——山崎ぶたぶただけだった。

ぶたぶたは、鼻の先っちょについたラテの泡をさりげなく拭《ぬぐ》いながら、

「そうなんですかー、なかなか微妙な悩みですね」

言い得て妙なぶたぶたの言葉に、うんうんとうなずく。

「悩んでるのか悩んでないのか、自分でもよくわかんないんですよね。ほんと、みんなから『腹立つ』って言われるくらい、すぐ忘れちゃうタチで」

「何でもかんでも気に病む人よりはずっといいですよ」

それは確かにそうだと思うけど。

「このままでもそんなに不自由はないので、ほっとこうか、とも思うんですけど、悪化して本当に味も匂いもしなくなると、どうなるのか不安で……」

成り行きで生きているのが丸わかりのような言いぐさだが、未知なものに不安を覚えることはめったにないので、それには戸惑っていたりするのだ。

「おうちの食事は大丈夫なんですよね？」

「はあ、何とか」

「お店のものは？」

「うーん……酒を飲んでるのもいけないのかなあ」

「弱い方なんですか？　赤くなります？」

「なりますね」

「赤くなる人は血管が膨張してるってことですから、鼻の中もそうなってて通りが悪くなってることがありそうですね」

……何だか医者と話している気分だ。医者とまでいかなくて、ぬいぐるみと話している気分では、明らかにない。

「外で食べる時って、確かにいつも飲んでますね。量はまちまちですけど」

「でも、お昼とか、まだ仕事中で飲めない時もありますよね」

「そういう時はすごく急いで食べたり、弁当だったりして、本当に空腹を満たすためだけって感じで食べますね」

ゆっくりよく噛んで時間をかけて、とはわかっているが、忙しい時はどうしてもおろそかになる。

「時間を気にしない時は、お酒も飲んでしまう——」

「そうです。家では飲んでも妻が止めますから、ほどほどなんですが」

そう考えてみると、何だか俺って妻の言いなり……？

「でも基本的には、食事にそれほど関心がないっていうのが一番の問題なんだと思うんですけど」

「うーん、それはとっても残念です……」

ぶたぶたは目に見えてしょげているようだった。小さな身体が、さらに小さくなったように。こちらの罪悪感を的確に刺激するような表情と背中の丸みに恐れおののく。

「ど、どうしてそれがそんなに残念なんですか？」

「うち、食べ物屋なんです……」

ほう、と小さな小さな、ものすごく気を遣ったようなため息。しかし、衝撃はかなりの大きさだった。いや、ため息ではなく「うちは食べ物屋」という言葉に、だが。

「そ、そうなんですか……？　何の……？」

「洋食屋です」

——リアルかわいいコックさん。

いや、あれは確かアヒル……。あ、なんかめまいが……。

「雪屋さん、顔色が青いですよ？」

「だ、大丈夫です……」

「やっぱりちゃんと食べてないんじゃないですか？」

あ、余計な心配をかけてしまった。

「いえ、食事のメニューも全部記録して妻にチェックしてもらっているので、その点は問題ないです」

メモれない時は、ケータイで写メするし。ていうか、ほとんどそればかりの気も。

「いや、そのため息は……」

「ああ、ごめんなさい。うちのものを食べていただこうと思ったんですけど——」

そのあとの言葉をぐっと飲み込むように、鼻にきゅっとしわが寄った。

「うちのものって——どなたが作ってるんですか？」

「わたしですよ」

「え？」

「一応、店主兼料理長なので」

「作ってるんですか、あなたが⁉」

言ってしまってから失礼なことかな、と思ったが、出ていったものは仕方ない。

「はい。作ってるところも見られますよ」

……どういうこと？　そんなパフォーマンスをやっているということか？

何のことはない。ただのオープンキッチンではないか。

スポーツクラブをあとにした映一は、ぶたぶたの店へ案内された。閑静な住宅地の中にあったその店の入り口は、可憐だった。

何と、バラが――ピンク色のツルバラが、ドア付近だけでなく、建物を覆い尽くし咲き誇っていたのだ。まるでバラというよりツタのように壁にツルが這い、プランターや植木鉢にも色とりどりのバラが咲いていた。

「匂いが――」

手前の角のコンビニの前から、気づいていた。何の匂いかはよくわからなかったのだが、「いい匂いがする」と思っていたのだ。しかし、明らかにコンビニのおでんや揚げ物の匂いではない。何だかとても気持ちが落ち着く匂い。

ずいぶん長いこと、いい匂いというか香りも意識してなかったように思う。元々香水とかも苦手で、できれば無臭の環境が望ましいと思っていたのだ。妻も家族も同じように香りに興味がない。花を飾ったりするような家庭でもないし、自然な香りにも疎《うと》い。さすがにバラやユリや果物の香りくらいはわかるが、積極的に匂いを嗅ごうとは思わないのだ。

食事に、というより、元々は匂いに興味がなかったのかも、と思うが、果たしてどちらが先かはわからない……。

それはさておき、ぶたぶたの店は中に入ると、案外普通だった。というより、こっちの方が彼らしかった。かわいらしい外見に質実剛健な内部。清潔だが地味な店の内装は、洋食屋というより、寿司屋のようだった。キッチンがオープンだということも含めて。

「前の店は、お寿司屋さんだったんです」

はっとしてぶたぶたを見る。

「居抜き物件だったんですか？」

「キッチンを改装したくらいですね」

「バラは？」

「ああ、それは、前の前の店の名残《なごり》で、大家さんなんですけど、洋品店をやってて。バラの手入れが条件でとても家賃が安いんです。でも、前のお寿司屋さんはうまくできなかった上にあんまりお客さんが入らなくて、すぐにやめちゃったんです」

「それでまだけっこう新しいんですね」

建物自体は古いようだが。

「白木の内装なので、店内明るいし、そのままでもいいかなって」

「バラの手入れはどうなんですか？」

そんなことを訊いても、全然わからないのだが。

「くわしい方に相談して、今年はだいぶ戻りましたね」

今までこんな店があることなど、まったく知らなかった。こっちの方の住宅街には、確かにあまり来なかったけれども、別にものすごく離れているわけでもない。近所づきあいをちゃんとしている妻は知っているかもしれないが、こんな目立つ人を知っていたら絶対に黙っていられないはずなので、多分知らないのだろう。

「今は昼休みです。夜は五時から開けますんで」

「だから、スポーツクラブに――」

「そうですね。つきあいで家族会員になってしまって」

つきあい……ぬいぐるみのつきあいというのは、なかなか思い浮かばないが。

「鍛えてるんですか？」

マシンのところでも、プールでも見かけたことはないが。

「いえいえ。鍛えてもなかなかね」

ははは、と言葉を濁される。なかなかって何がどうなかなかなんだろうか。深く突っ込みたいが、どう突っ込めばいいのかもわからない。

「大きなお風呂に入るのが好きだし、知り合いにも会えるから行ってるんですよ」

「そうなんですか。サウナも好きなんですか？」

「サウナは好きっていうより、ドライヤー代わりですね」

ぴきっと音がするかのように、今、ものすごく衝撃的なことを言われた気がする。

「……ドライヤーですか？」

「そうです。タオルで拭いたり、普通のドライヤーかけるより、効率的なんですよ」

おお……何と自分は無駄な勝負を今まで挑んでいたのだろう。しかも勝手に。それでずっと負けた気分になっていたとは。

ショックで倒れそうになったが、かろうじてこらえる。情けない……。「とほほ」なんて口に出したことはないが、今はまさにそれを言うべき時だった。

言わないけど。

「さ、座ってください。どうぞ」

ありがたく椅子に倒れ込む。ぶたぶたはカウンターの中に入った。床がちゃんと高くなっていて、確かにこの人でなければ料理ができないようになっている。

「メニューをどうぞ」

差し出されたメニューを受け取るが、

「昼休みなのに、作っていただくっていうのも――」

「いえいえ。僕がむりやり連れてきたようなもんですから、どうぞご遠慮なく」

いろいろな意味で疲れたせいだろうか。久しぶりに食欲というものを意識したように思う。というより、「食べたい！」と思ったのだ。このぬいぐるみの料理を。

半分は「本当に作れるのか？」という気持ちがあったのだが。

「匂いの強いものがいいですかね――」

「いえ、メニューのあるもので——できたら、おすすめのものを」

「そうですか。じゃあ、まずうちのスープを食べてもらいましょう」

そう言って、赤茶色い野菜スープのようなものを出してくれた。

「ランチやディナーのセットに必ずつけるハウススープみたいなものですね」

「野菜のスープですか？」

「一応〝ガンボスープ〟として出してます」

「〝ガンボスープ〟？」

初めて聞く言葉だ。

「本当は『ガンボ』だけでいいんですが、アメリカ南部のご当地料理ですね。うちなりにアレンジして、スープとして飲みやすいものにしてあります」

メインの食材はオクラと鶏肉だった。赤い色はトマトとカイエンペッパーだそうだ。

「どうしてこのスープにしたんですか？　洋食屋さんだとみそ汁も多いですよね。あとコーンスープとか」

「みそ汁は確かに定番ですし、最初の方はそうしてたんですけど、洋食屋として洋食っぽいスープを食べたいってお客さんからのリクエストがあって——裏メニューとして作ったのが最初だったんです。いつの間にかそれが定番になって。普通のスープだと夏出にくくなったりするんですが、これだと、ご飯にかけてカレーみたいにも食べられるんで、夏も冬もよく出て、みそ汁並のオールシーズンスープなんですよ」

カウンターの中でぶたぶたは力説する。なんか誇りを持ってるんだなあ、と思う。

映一はとろみのついた熱いスープをおそるおそるすすった。ちょっとピリッとする辛みがあった。匂いもスパイシーだ。

でも、それだけ感じられるというのはなかなかないことだった。いつもよりも注意深いことは確かだが、そうできることも驚きだった。

そして、これは妻に申し訳ないのだが、「おいしい」と思ったのだ。

いや、妻の料理はまずくない。むしろかつての記憶を思い起こせば、ちゃんとおいしいのだ。子供たちも喜んで食べているし、人に出してもお世辞ではなく「料理上手」と言われる。

でも、映一にとっては食べ慣れている味で、改めて「おいしい」と思うことがなかったのだ。「おいしい」のはわかっていることだったから。

あれ?

そこまで考えて、気づいた。

匂いや味の問題もあるんだろうが……もしかして、久しく「おいしい」と思っていないことが問題なんだろうか。もうどれくらい長い間、「おいしい」と思っていないんだろう？

それともこれは、とてつもない非日常の中で味わっているものだから「おいしい」と思ったのだろうか……。

いったいどっちが日常で、何が非日常なのか、映一はよくわからなくなっていた。もしかして、夢を見ているのかもしれない。でも、夢の中で味なんて感じられるんだろうか……。ましてや「おいしい」などと……。

「雪屋さん？　雪屋さん!?」

目の前で手が――先っちょに濃いピンク色の布が張られているぬいぐるみの腕が振られている。

「どうしました？」

「いや……何だかトリップしていたような」

「辛いの苦手ですか？」

「いえいえ、そんなに辛くないですし。おいしいですよ」

「そうですか。そりゃよかったです。他にも何か召し上がりますか？」

「えーと、じゃあ――」

その時、奥から「お父さーん」と呼ぶくぐもった声が聞こえた。女性の声らしい、というのはわかったが、年の頃はよくわからない。

「あ、すみません。ちょっと家から呼ばれました」

「あ、お気になさらず。お暇《いとま》しますよ」

「いえいえ、ちょっと待ってください。ビール――じゃなくて、今、コーヒー出しますね」

そう言って、コーヒーサーバーからカップに注いで、出してくれた。

「少しお待ちください」

ぶたぶたはあわただしく奥に引っ込んだ。

しばらくコーヒーを飲んで落ち着いたのち、思い出した。

お父さんって呼ばれてた⁉

いや、文字通りとは限らないしな……。そういうあだ名の人はいっぱいいるし。あんまりそぐわない気もするけど。

とにかく、コーヒー飲んで落ち着こう。このコーヒーは……普通かな。機械でいれてるからかな。

その時、入り口のドアが開いた。

「こんにちはー」

元気よく入ってきたのは、自分とあまり変わらないくらいの女性だった。エプロンをして、何やらダンボールを抱えている。

「あれ？　ぶたぶたさん、いませんか？」

キョロキョロしたのち、こっちを見る。いや、俺に訊かれても――と思ったが、訊くしかないのか。

「ぶたぶた……さんは奥にいます」

すごく不思議な言葉を口にしたような気分になった。

「ああ、そうですか」

さばさばした口調のその女性は、カウンターの上にダンボールを置く。とたんに何だか香ばしい匂いが――したような気がした。

どうもまだ自信がない。

「じゃあ、これここに置いていきますね」

「ええっ」

どうして⁉

「よろしく言っといてください」

何だそれっ⁉

「あ、あのっ……」

こっちが何も言えないうちに、彼女はとっとと店から出ていってしまった。

「あれ、誰か来ましたか？」

振り向くと、ぶたぶたが戻っていた。

「あの、女の人がこれを――」

「ああ、夜のパンですね」

カウンターによじのぼるようにして、ダンボールの中身をのぞきこむ。それにつられるようにしてのぞいてみると、確かに各種のパンがダンボールの中には詰められていた。短めのフランスパンやバターロール、あとはクルミが入ってるようなのとか、黒パンみたいなのとか……種類はよくわからないが、おいしそうな奴。ダンボールに触ってみると、かすかに温かだった。

「パン屋さんです、その人」

だろうな。

「うちはそんなにパンは出ないんですけど、常連さんの中にはパンで食べたいって人もいて。うちでは焼けないので、近所のパン屋さんから仕入れてるんです」

「さっきのスープも合いますか？」

「浸して食べると、けっこうおいしいですよ。甘くないバゲットとかの方が僕は合うと思いますが」

バゲットって何……？　ああ、フランスパンのことだっけ。何だか本当においしそうだ……。

そんなことを思うのも久しぶりだった。

その日は結局、スープだけで帰ってきてしまった。

昼休みの間に入り込んでもいるし、それでわざわざ何か作ってもらうのも気が引けて、というのもあったが、何となくお腹がいっぱいになってしまったのだ。出てくるものを飲み下して、満腹感もあるのかないのかという感じだったのが、ちょっと進化したような気がした。自分がどれだけ食事をないがしろにしていたかがわかるというものだ。

でも、「また来ます」と約束をした。パンもおいしそうだったので、今度はビーフシチューを食べてみよう。昼は出していないそうなので、夜に行かないといけない。いつ行けるだろうか……。

いつの間にか楽しみにしている自分に気づき、これはいったい何を楽しみにしているのだろう、と考える。

味がよくわからないんだから、そういうのを楽しみにしているわけではないんだろう。となるとやはりぶたぶただろうか。

自分がこんな寛容な人間だとは思わなかった。けどまあ、あのサウナで彼を見ていた他の人はいくらでもいたんだし。店をやっているとしたらきっと常連もいるんだろう。非現実なことではあるが、話をしていると、「だからどうした」という気分になってくる。一見きれいだったり、とても人当たりが良さそうでも、話してみると不快な人間というのはけっこういるものだ。

というより、話していて気持ちのいい人や、もう一度話したいと思う人なんて、そんなにいないのだ。歳を取ればなおさら。つきあいはできても、友だちになるのは難しい。そういうことを、割とそつなくいなせる方だと思っている映一ですら、そう感じるのだ。

「やっぱり、俺、疲れてるのかな……」

立ち止まって、そんなことをつぶやいた。

それから、帰りが遅くなった時などにちょっとその店に寄るようになった。夕食を食べる時もあるし、料理をつまみにグラスワインを一杯だけとか。そうやって利用している人もけっこう多かった。

たまに昼間、休憩中にお邪魔することもあった。ぶたぶたはいろいろな下ごしらえをしながらおしゃべりしてくれる。野菜を切ったり剝いたり、豆をさやから出したり、筋を取ったり。他にも人がいることもある。ぶたぶたの娘たちやその友だちが宿題をしていたりすることもある。

その日もぶたぶたは、煮干しの頭とはらわたをせっせと取っていた。ぶたぶたの店は、定食にみそ汁かガンボスープがつく（カレーやスパゲティにも）。変な組み合わせだが、ガンボスープは辛いので、そういうのが苦手な人はみそ汁にするのだ。注文は半々くらいだと言う。

「女性はガンボが好きですよね」

「そうですか」

「男性はみそ汁の方が多いと思います」

そんなたわいない話をしながら、ぶたぶたの柔らかい手が煮干しの頭とはらわたを器用に取って、半分に裂くのを見ていた。手の先にはラップが巻いてある。

「冬には豚汁作ろうかって話もあったんですけど、なぜかガンボに落ち着いて。やっぱり洋食屋っぽいからですかね」

オクラは夏野菜なんですけどー、とぶたぶたは笑う。

「ぶたぶたさん。手伝いましょうか?」

その時、映一は初めてそんなことを口にした。

手伝うなんて発想をしたのは初めてだった。家でも何もしないのに。でも、その小さな手が丁寧に煮干しの頭を取るのを見ているうちに、手伝ってみようと突然思ったのだ。

「いや、大丈夫ですよ。もうすぐ終わりますから」

ぶたぶたは、何事もなかったかのようにそう言う。口に出した自分が一番驚いている始末だ。

「……どうしたんですか?」

しかしこっちの顔にさすがに気がついたのか、心配そうな声で訊いてきた。

「手伝おうとか……初めて言ったな、と思って」

「そりゃそうでしょう?　ここはお店ですもん」

「いや、そうじゃなくて……家でも、実家でも何にもしたことがなかったから。自分から何か手伝うとか発想したことがなくて」

「食器を下げたりはしますか?」

「子供の手前やりますけど……それだけですね」

憶えが子供より悪い、と妻にさんざ怒られたものだ。

「おうちで手伝いをやってみたらどうですか?」

「うーん……妻がいやがりそうですね。子供の手伝いも我慢強く見守るってタイプじゃないんですよ」

じれったくて手を出してしまうので、子供も基本的に妻におまかせなのだ。

「やりたいのは手伝いなんですか？」

少し考えたのち、ぶたぶたが言う。

「手伝いだけだったら、掃除とかもありますよ」

「力仕事だったら、たまに家でもやりますけど……」

よく考えてみると、別に家事を手伝いたいわけじゃない、と気づく。

「なんか……食べるものを自分で作ってみたいっていうか」

最近、いろいろなことを考える。いろいろなことに気づいた、と言うべきか。考えることに慣れてきた、というべきだろうか。ぶたぶたを見ていると、考えずにはいられないから。

「ああ、そうなんですか。じゃあ、何か作ってみますか？」

ぶたぶたはよっこいしょと立ち上がった。えっ、そんな急に――心の準備が。

「ちょうど煮干しのはらわたも取ったことですし、みそ汁でも作りましょうかね」

「えっ、そんな簡単に――」

「まあ、だしを取るのにちょっと時間かかりますけど、具は豆腐とわかめなら、すぐできますよ」

ぶたぶたは、調理場に入ると小さい鍋に水を注いだ。

「ここにそのはらわたを取った煮干しを五、六匹分くらい入れてください」

「は、はい」

映一は言われたとおり、半分に裂かれた煮干しを水の中に入れた。

「で、十五分くらいほっときます」

「え!?」

ぶたぶたは元のテーブルに戻り、再び煮干しのはらわたを取り始めた。

「だしが取れたら、あとは何でも放り込めばいいんで、みそ汁は楽です。葉っぱの野菜なら、包丁もいらないですよ。ちぎって入れればいいんだし。見た目を気にしなければ」

「……何となくすごく難しいもののように思ってたんですが」

「市販のだしの素を使えばもっと簡単ですからね」

何でもないことのように言う。慣れていない人にとってはそれが難しい、と文句を言いそうになるが、ぶたぶたが言うと説得力がある。だって、ぬいぐるみなんだから。彼にできることの何分の一かでも、できるかも、と思えるではないか。

煮干しを浸けている間にぶたぶたの仕込みも終わる。彼は映一を調理場に招き入れ、鍋に火をつけた。座り込むようにして、ぶたぶたの手元を見る。

「沸騰したら五分くらい煮て、アクをとって——店だと煮干しを取り出しますけど、家ではそのまま煮干しは具として食べちゃいますね。でも、それは好きずきで。豆腐を入れるタイミングもわかめも味噌も適当に。けど、基本的に味噌は最後に入れるってすれば、だいたい大丈夫です」

妻は確か豆腐を掌の上で切って入れていたが、ぶたぶたはそれができないので、まな板の上で切って入れた。乾燥したわかめを適当につまんで入れ、味噌を溶かす。

「だいたい二人分くらいでこのくらいの味噌の分量です。乾燥わかめなら、仕上げにお椀にじかに入れてもいいと思いますよ。でも、ものによってはちょっとしょっぱくなるかもしれませんね」

結局ほとんどはだしのための時間で、あとはほんの数分だった。みそ汁ってこんなに簡単だったんだー。料理の基本！　みたいに言うから、ちゃんとやると大変なのかと思っていた。

「毎日食べるものだから、自分のやりやすいようにして、いつも同じ味にできるようにした方がいいんですよ」

ぶたぶたの言葉に、はっとする。

「それは、食べ物屋さんの基本でもありますね？」

「なるべくいろんな人に好きな味とか安心する味を提供するためには、まあ、そうですけど——食事は毎日いろんなところでするものですからね。人って、無意識にそういうものを探すんじゃないですか」


ぶたぶたの言葉にモヤモヤした気分を抱えながら、映一は家に帰った。

みそ汁はおいしかった。家でも作ってみた。ちょっとまごまごしたし味噌は違うが（煮干しはもらった）、だいたい同じにできた。

味噌と煮干しとわかめの香りと、豆腐の味がちゃんとわかった。

自分の作ったみそ汁を前にして考え込んでいると、妻が帰ってくる。

「まー、何してるの？　台所使ったの？」

あ、そういえばそのままだった。ぶたぶたは、店で料理を作っている間に鍋やフライパンを洗っていた。片時も動かない時がない。

ああなるのは、多分無理だ。

「みそ汁作った」

「珍しい……」

「うまかったよ」

「いったいどうしたの？」

妻は映一に何とか食事の支度をやらせようと努力をしていた時期があるが、まもなくあきらめた。

「お前のみそ汁は、いつも同じ味だな」

「え、それはバリエーションがないってこ——」

憤慨《ふんがい》して言いかけたが、急にはっとする。

「肉じゃがもきんぴらも同じ味だ」

「……お母さんに教わったからね」

「カレーはいつも違うな」

「カレーは常に試行錯誤なのよ。やっと辛いの作っても文句言われなくなってきたんだから」

ちょっとムッとした顔になる。子供が小さいうちは甘かったなあ、カレー。

「ていうか、あなた、ちゃんと味がわかるようになったの？」

それは――わかるようになったというより、わかっていたと言うべきか。

自分は、単にいつもいつも同じことにうんざりしていただけなのだ。

毎日会社に行っていっしょうけんめい仕事をして、休みの日には家族と過ごしたり、疲れて寝ていたり、たまに友だちと会ったり。

この不景気で不安定な時世、いつまでこの生活が続くかもわからないのに、そんなことを疎ましく思っていたなんて。

今の世の中、これほど贅沢なことはないかも、と自分で気づいたのだ。

昔見た映画のことを思い出す。自由に生きてきた男が、その生活を捨てて家庭を取るストーリーだった。その時は、そんなことをする男が信じられなかった。幸せな家庭なんて平凡なものを選ぶ心情がわからなかった。

でも今は、それが平凡なものかどうかはわからない。そういうものこそ維持するのが難しいからだ。

変わらざるを得ない時代に変わらないでいるものを持っているのは、幸運なんだと思う。それに目をそむけていた自分が、しっぺ返しされなかったことも含めて。

「鼻は？　変な臭いはするの？」

「鼻はやっぱり臭い。今はラー油の匂いがする」

「何、それ。何かラー油を使うもの食べたの？」

「食べてないけど、何となくそういう匂いがするんだ」

石鹼の匂いや、ゴムの焦げたような臭い。自分の鼻がどうなっているのか、まだわからないけれども、それはまた病院にでも行こう。

運というのは多分、自分の思うとおりには働かないものなのだ。何が幸運なのかは、それを目の当たりにしない限り、わからない。

「よかったー」

妻がため息をついて、ドサリと椅子に腰掛けた。

「何が？」

「あなた、ほんとにずっと生気がなくて。気づいてなかった？」

「え？」

「なんかずっとぼんやりしてて、ロボットみたいに毎日過ごしてたんだよ」

そうなのか？

「だから、自分の食べてるものを『餌』なんて言った時は、ちょっと焦った。やっぱりわかってるのかなって。でも、そう言ってくれたのなら、せめてその『餌』を餌じゃなくしようと思ったの。それだけでも、何とかね」

彼女はにっこりと笑った。

ぶたぶたにサウナで勝負を挑んでいた時のことを思い出す。あれは勝負でも何でもなく、見当違いの思い込みだった。でも、それがなければ、彼と会話することもなかった。

それが自分の一番の幸運だと、さっきまでは思っていたのだが——。

「みそ汁おいしくて、よかったね」

本当の幸運は、この女と結婚したことだ、と映一は知った。

プリンのキゲン

その話を成島京香《なるしまきょうか》が聞いたのは、会社の昼休み時だった。

「ここのプリン、けっこうおいしいね」

社員食堂での、隣の席の女の子たちの会話。どこの部署かは知らないが、まだ若い。新入社員だろうか。

「うん。バカにしてたけど、安い割においしい」

京香はランチを食べながら、素知らぬ顔でうんうん、とうなずく。手作りでもないし、どこから仕入れているのかは知らないが、社員食堂で売っているプリンはなかなかおいしいのだ。

「安い割に、なんだけどねえ」

「高けりゃそれなりにおいしくない？」

「えー、そうかなあ。安くておいしい方がいいに決まってるでしょ？」

「そんなの、簡単に見つからないよ」

「あー、でも友だちにこないだ教えてもらったプリン、すっごくおいしかったんだけど、安いって聞いたよ」

京香の手が、一瞬止まる。

「安いってどのくらい？」

「いや、実はよく憶えてないんだけどね……」

「何で？」

「だって、買ってきた奴食べたから」

「ちっちゃいの？」

「いや、普通の大きさだよ。このプリンくらいは絶対あった」

自分の目の前にもあるプリンを、じっと見つめる。

「ふーん。じゃあ、二百円くらいはするかな？」

このプリンが社食価格で二百円なのだ。

「いや、味は二百円じゃなかったね」

「え、高い味がするのに安いってこと？」

「多分、友だちもそんな意味で『安い』って言ったんだと思うんだけど」

「じゃあ、すごくおいしいの？」

「うん。びっくりしちゃった。帰りにおみやげに買ってこうと思ったんだけど、ケーキ屋さんとかじゃないから、ある時とない時があるって。その日はもうないって言われたよ」

「どこにあるの、その店？」

「友だちの地元だと思うんだけど――」

京香は、その地名を頭にしっかり刻みつける。

「店の名前は？」

「知らない。だってラベルも何もなかったし、箱も真っ白だったの」

「また食べたいって思っても食べられないじゃない」

「だって、友だちにまた頼めばいいから――」

そのあと、話は別の方向に流れていった。京香はゆっくりとプリンを味わってから、席を立った。

ごく普通のＯＬである京香は、プリンが大好きだ。

朝から晩までプリンを食べていても平気なくらい。三食後にはプリン。おやつにも夜食にもプリン。プリン食べ歩きのためには有休も使う。

この世で一番おいしいプリンを探し求めている女なのだ。

特に好きなのは、昔ながらのカスタードプリン。焼いたり蒸したりする固めのオーソドックスなもの。カラメルは苦めなのが好み。

流行りのなめらかプリンも嫌いではないが、あれではプリンを食べている気分になれないのだ。歯ごたえがなければ、舌は満足しない。

お気に入りのプリンはあるが、まだ理想のプリンには出会っていない。だから、京香にとって、新しいプリンのチェックは欠かせないのだ。

そんなに好きなら自分で作れば、と言われもするが、何度か失敗して以来、まずいプリンを片づけなければならないつらさに負けっ放しだ。ちゃんと分量もはかって、きっちりと作ったはずなのに、何がいけなかったのか……。

お菓子作りも含めた料理のセンス自体ない、という自覚は、母からのお墨付きも含めてあるけれど。

それよりもプリンだ。

さっき聞いた話を思い起こす。実は、どこのプリンかわからなくても、京香にはそれを嗅ぎ出す能力がある。小耳にはさんだ店の名前や町名だけで、どれだけのケーキ店や喫茶店を見つけ出したか。

たまに自分の実力が怖くなるほどだ。

とはいえ、今回は店の名前はわからない。が、大きなヒントは実はもらっている。「ケーキ屋ではない」というヒント。そして、街の名前。味の割には安いということ。

デザートでプリン（おそらく手作り）を出す店はけっこうある。洋食系とは限らない。和食店やラーメン屋でも食べたことがある。

たくさんあると情報を絞るのが難しそうだが、挑戦のしがいもある。京香の闘争心に火がついた。

「ひよりにメールしなきゃ」

帰宅途中の電車の中で、幼なじみの勢田《せた》ひよりにメールをする。

ひよりは、京香にとってプリンのライバルだ。田舎に住んでいるひよりと二人で、東日本と西日本を網羅している――ていうか、そうしたい、と思っている。

彼女とは普段からメールでプリンの情報を交換しているが、たまに行き来してプリン勝負をする。いや、単に持ち寄ったり、おすすめの店へ行って、どっちがおいしいかを議論するだけなのだが。

しかし、最近ひよりには負けてばかりだった。僅差で負けているのがまたくやしい。今度はどうしても勝ちたい。

そのためには、店を探し当てないといけないし、プリンがおいしくなくてはいけないのだ。

『京香へ。

新しいプリンの情報、ありがとう〜。おいしかったらいいね！　あとで、パソコンの方にこっちの情報を送るよお〜』

絵文字満載のひよりのメールに、京香は、

『今度こそ勝つから！』

と返事を送った。

ネットで普通に検索しても、そんなに有益な情報は得られなかった。だいたいプリンの情報自体が多いし。コンビニのプリンのだってどれだけあるものか。

それでも、コツコツと情報をたどっていく。足で稼ぐ、という方法もあるが、ＯＬである今は気楽に休めないから、有休はここぞという時に使うのだ。大学生の時は、フットワークが軽かった。今でも充分軽いつもりだが、一人暮らしをしているので、働くこともおろそかにはできない。

一番役に立ったのは、地元の情報が集まる掲示板と、個人のブログだった。掲示板でキーワードを拾い、検索をかけてひっかかったブログのリンク先などに行って、またキーワードを拾う——そのくり返し。根気のいる作業だが、直接行って探せない場合はそうするしかない。

検索作業を始めて数日後、確信までには至らなかったが、ようやく一軒の店に当たりをつけることに成功した。

〝キッチンやまざき〟。

名前からして、何となく昭和の香りが漂う洋食店だ。ここのデザートにカスタードプリンがあるそうだが、「めったにない」らしい。

情報の少なさは、本当はマズいのか、あるいは人が来すぎると困るから内緒にしたい人がたくさんいるほどおいしいのか——多分どちらかだ。

とはいえ、もう店の名前はわかった。土日が休みでないのはありがたい。さっそく土曜日、出かける。

しかし問題は、この店が洋食店ということだ。まさかプリンだけ食べて帰るわけにはいかない。

自分は人から（プリンに関しては）傍若無人《ぼうじゃくぶじん》だと思われているし、若干自覚もしているが、そんなに図々しくないのだ。デザートなら、デザートとしていただかないと意味がないとも思うし。

プリンは別腹ではあるが、やはりメインがそれである以上、あんまりお腹いっぱいにしないようにしなければ、と考えながら、最寄り駅に降り立つ。昼の混む時間帯は避けたし、遅い昼食ならばプリンを堪能《たんのう》できるだろう。

場所は――一応地図を印刷してきたが、土地勘がないので、駅からどのくらい離れているのかまったく見当がつかない。何を隠そう方向音痴なのだが……不安になってきた。

それでもめげずにどんどん歩いていくと、商店街から抜けてしまう。閑静な住宅街に突入したのだが、いいのだろうか。こういうところに店があるのは特に珍しいわけではないが、何だかここの住宅街にはそういう雰囲気がないのだ。民家に囲まれた隠れ家的な店、というコンセプトにしては、民家があまりにも民家なので……いや、自分でも何を言っているのかよくわからないが。

——などと考えているうちに気づいた。この道、さっきも歩いたと。

考えたくないが、何度も同じ道をぐるぐるしている気がするのだが。細い路地が多くて、地図がわかりづらい！　大通りを使って時間がかかっても確実な道順というのがないので、どうも迷ったらしい……。

店のみの字もない雰囲気の住宅街のど真ん中で、京香は途方に暮れた。……いつものことだが。

こんな自分が店名とわずかな情報だけで目的地に行き着けるのは、ほとんど野生の勘であると思っている。人に訊くこともあまりしない。「何迷ってんの？」みたいな顔をされるのがたまらなくつらいからだ。たいていすぐ近くをぐるぐる回っていたりするので。

「こっちかな？」

自信のない時のクセである独り言を言いながら、京香はヤケクソ気味に角を曲がる。曲がった瞬間に左右どちらに曲がったかは忘れるが、野生の勘が働くのはこういう時だ！

——と、勝手に思っているだけだけど。

しかし、さすがに三十分近く迷うとその自信はなくなる。自分が今どこにいるのかもわからない。たどりつけないで帰ったことも少なくないが、家からこの街は遠いのだ。何とか探したい。

それからさらに三十分して、京香はようやく店を見つけた。

思ったよりもかわいらしい店だった。繁った葉っぱに覆われている古びた建物。飲食店というより、ブティックのような外見。入り口のドアから中はうかがえないが、横には大きな窓がある。光ってよく見えなかったが、中もこんな感じなのだろうか。

しかし残念ながら、すでに昼休みであった……。洋菓子店や喫茶店に昼休みのあるところはほぼないので、想定していたとはいえショックだった。あと二十分早ければ、食べられたのに。

あのぐるぐる道から脱出して、おそらく五分程度しか離れていないのに（もちろんその五分が三十分近くになったわけだが）。

同時に、昼も食べ損ねたということだ……。しかし、五時まで待てば夕食——そして、プリンも食べられる。

仕方ないので、とりあえず近くのコンビニへ行く。ここからなるべく離れないようにしないと、二度と戻って来られない。

コンビニでおにぎりとお茶とプリンを買って、店の向かい側の児童公園で食べる。子供どころか人もいない……。よく見ると、どこからも丸見えの公園だが（道の中州のようになっているのだ）、とても狭くて、遊具もほとんどない。ここら辺は子供が少ないのだろうか。それともいつもこんな感じなのか？

うーん、あまり動けないとなると、どうやって時間をつぶそうか……。

離れると、確実に道がまたわからなくなる。土地勘がないから、時間をつぶす場所も知らない。ひまつぶしのものといえば、ケータイくらいしかない。でも、電池が減っているから、むやみに使えない。本でも持ってくればよかった。

三十分ベンチに座っていたら、何と天気が悪くなってきた。空がゴロゴロ言ってきたよ！　どう考えても、まもなく雨が降り出す雲行きだ。

あわてて雨宿りできるところを探したが、最悪トイレくらいしか選びようがない。トイレはいやだ。だって、汚いし臭かった……さっき手を洗いに入ったら。

このまま何とか天気が保ってくれれば――京香は、雨乞いをするようなポーズで空に祈っていたが、地球はそんなに優しくない。ぽつぽつ——いや、ボタボタと大粒の雨が降ってきた。

もうトイレに行くしかない！ と思ったのだが、その前に——どうせ数秒余計に濡れたって大したことない、と思い、〝キッチンやまざき〟のドアに飛びついた。ひさしはないし、繁ったバラらしき葉っぱはうっそうとしているが雨宿りできるほどの厚みはない。ドアに鍵がかかってなければ、中に入れる。鍵がかかっていたら公園のトイレだ。

京香はえいやっとドアを開けた。


目に飛び込んできたのは、片手にスプーン、片手に湯呑みのような容器を持って、どう見ても何かを食べているとしか思えないぶたのぬいぐるみの姿だった。

ピンク色の身体はバレーボールくらい。黒ビーズの目に右がそっくり返った大きな耳。ぬいぐるみは、椅子に横向きに座っていて、ほっぺたというか突き出た鼻をもこもこ動かしながら、上を向いていた。棚に載っているテレビを見ているのだ。しかも足を組んで。結ばれているしっぽが見事に強調されているではないか。

見ているのが野球中継だったら完璧だな（何で？）、と思ったが、なぜか映っていたのは韓流ドラマだった。

一瞬にして焼きついた光景に、京香は呆然となった。しかも、ブティックのような外見の建物だったのに、中身は寿司屋のようで——もしかして、瞬間移動でもした？　今開けたのは、どこでもドア!?

「あの……どうしました？」

おじさんの声がした。落ち着いた中年男性の声だ。まるで百戦錬磨の魔術師のよう——まさか、ほんとに異世界召喚!?　そんなはずは……だって思い切り和風だし、あたしＯＬだし……。

「……雨ですか？」

声がそう言うと同時に、ぬいぐるみがぴょんと椅子から飛び降りて、こっちに近寄ってきた。きゃああっ、やっぱ異世界！　これはきっと、声の主の使い魔に違いない！　あたしを襲うの!?

固まった京香の隣にぬいぐるみが立ち止まった。でも、何もしない。おそるおそる見てみると、どうやら外をながめているらしい。

「すごく降ってますねえ」

のんきな声がした。その声は、どう考えても自分の足元から聞こえた。

「もしかして、雨宿りですか？」

ぬいぐるみは、こちらを見上げてそう言った。というか、声はそこから——鼻から、あるいは黒ビーズの目の間から——とにかく、ぬいぐるみの顔から発せられていたのだ。

逃げようにも背後はどしゃ降りの雨。まさに退路は断たれている。

「それとも、お店にいらしたの？」

何とも優しい声だった。こんな声で催眠術かけられたら、すぐにかかってしまいそうな……。

はっ、いかんいかん！　それが術なのかもしれぬ。

「お店は今お昼休みなんですよ。夜は五時からです」

何て答えようかと悩んでいる京香の顔を、ぬいぐるみはまだ見上げている。

「やっぱり雨宿りですか？」

「は……はい」

結局何も思いつかなくて、仕方なく素直に答えてみた。

「そうですかー。すぐやみますかね？」

ぬいぐるみはそう言うと、首から下げた何か機械のようなもののふたをパチンと開いた。

その手慣れた様子に、ますます魔術師疑惑が深まる。

「あー、ものすごく大きな雨雲が居座ってるみたいですね」

何でそんなことが瞬時にわかるの⁉　やっぱ魔法だ！

「ほら」

ぬいぐるみがこっちに向けたのは、どう見ても携帯電話だった。ディスプレイの中には、何やら地図と色分けしたドット柄。

「この大きな雨雲が、これからここら辺をずっと覆っちゃうみたいですね。ほら、この青と赤の雲」

そんなふうに優しい声で解説。

つまり、地図は東京都で、青と赤のドット柄は色分けされた雨雲の分布図——。ちなみに、赤い雲は強い雨なのだそうだ。ここら辺はその色の雲ばかりだった。

ぬいぐるみは、ケータイのウェブで雨雲の様子を見ていただけだった。けど、だいたいぬいぐるみがそんなことするなんて、普通思わないだろ⁉

「まあ、どうぞ。雨がやむまでは僕も外出できませんし」

そう言って、ぬいぐるみは奥へ歩いていく。

どうしよう、とまたまた悩んだが……雨はさらに激しくなり、店の中にまで吹き込んでくる。これは中に入らないとさすがに悪いなあ、と思い、ドアを閉めた。

静寂——とまではいかない。何しろ、テレビは韓流ドラマだ。何やら感情的にわめいている。

「あ、お茶でもいれましょうかね」

ぬいぐるみはぽむと手を叩くと、奥のカウンターの中に消えた。

どうしようどうしよう、としか頭の中に浮かばないが、とりあえず座ろうか、と思う。座って落ち着こう。

どう見ても寿司屋のカウンターの席に落ち着くと、ほっとため息が出た。今のところぬいぐるみの姿は見えない。そうなると、ここはただの食べ物屋さんの店内にしか見えない。何の違和感もない——。

その時、テーブルの上にあるものに気がついた。スプーンが突き刺さった湯呑みのような容器——その中にあるほとんどなくなっている残骸——。

プリンではないか！　どうして今昼休みなのに、プリン食べてるの⁉　しかもこれ、売り物のプリンではないのか？

「どうぞー」

カウンターの上に、湯気のたった容器が二つ置かれた。これは、正真正銘の湯呑み。取れ、ということだろうか。

湯呑みを二つ取って、テーブルの上に置く。すると、カウンターの横の方から、ぬいぐるみが顔を出し、席にぴょんと飛び乗った。

「すみません、取らせちゃって」

「いえ……」

ぬいぐるみは席の上に立って、プリンの残骸を手に取った。片方の手には台ふき。どうやらプリンは片づけられてしまうらしい。

「あの！」

「はい？」

「それ、プリンですよね⁉」

我ながら何を興奮しているのか、声が上ずる。

「ああ、はい、そうです」

「お店のプリンなんですか？」

「そうです」

「お店のプリンなのに……どうして食べてるんですか？」

言ってしまってから、変な質問だと思う。

だいたい自分は、このぬいぐるみを何だと思っているんだろう。普通の人間が昼休みの食べ物屋の店内にいたら、それはたいてい店の人だろう。けれども、ぬいぐるみは普通の人間ではない。さっき考えたとおり、魔術師か使い魔、よく言っても妖精さん。それがプリンを食べていたら、盗み食いと思ったって無理ないだろう？

……あるかな？

「ああ、期限切れだもんで、食べてたんです」

……すごくまともな返事をされた。しかし、まともに聞こえるからと言って、それが本当とは限らない！ ……けど、ぬいぐるみだから、期限切れのを食べても平気なのかな、と頭の隅でちょっぴり思った。

「えっ、じゃあ、もうプリンはないんですか？」

考えるよりも先に口にしていた。プリンに関しては理性が働かない自分が憎い。

いやしかし——と思い直す。期限切れのを食べていたと言っていただけだ。なくなったわけじゃない。普通そうだよね。

「はい」

しかし返ってきた答えは、そのきょとんとした顔をぎゅううっとつぶしたくなるほど簡潔だった。

「え、夜の分はあるんですよね？」

「いえ、ないです。ランチタイムまでなら間に合ったんですが」

言われた言葉を反芻《はんすう》してみた。ランチタイムまでならって……。

ああ〜、方向音痴のあたしのバカバカ！　昼にちゃんとついてれば、食べられたのに！

「もしかして、プリンが食べたかったんですか？」

「そうです……。ここ、プリンがおいしいって聞いたんで……」

うう、泣きそう……。

「えっ、それは初耳です」

顔を上げてぬいぐるみを見ると、びっくりしたような顔というか目をしている。ビーズの目がほんの少し大きくなってるなんて、錯覚に違いないのに……うう。

「だって、洋食屋ですよ、うち」

「でも、出してるんですよね、プリン？」

「まあ、出してますけど、いつもじゃないですよ」

それは仕入れた情報にもあったが……。

「明日にはありますか？」

「明日ですか？　うーん、明日は多分ないですねぇ」

「えぇーっ！　どうしてですか⁉」

「時間ある時にしか作らないんですよ。メニューにも載せてません」

「ほんとにっ⁉　見せてもらえますか？」

「どうぞ」

カウンターの隅に置いてあったメニューを見てみると、確かに「プリン」はない。どうりでネットに情報が少ないはず。裏メニューだったのか。

デザートで載っているのはホットケーキとアイスクリームのみ。ホットケーキって、その場で焼いてくれるのかな。それもおいしそうだが、今はとにかくプリン。

「でも、おいしいことは確かなんですよね？」

「食べたみなさんはそうおっしゃってくれますけどね」

偉そうでも謙遜でもなく、事実だけを淡々と言っている、という感じだった。それを聞いて、ますます悔やまれる。

「今日、楽しみに来たんです……」

「そうなんですか!?　それは失礼しました。すみません」

「いや、期限切れならしょうがないですけど……」

一つだけ残しておいて、「今日プリンあります」とは言えないだろうしなあ。

「プリンは本当に不定期なので、朝にでも電話して今日あるかどうか確認してくだされば、とっておける時はとっておきますよ」

「ほんとですか!?」

それはいいことを聞いた。何て親切なんだ！

結局その日は、電話番号を教えてもらって、お茶を飲んで、雨宿りをさせてもらった。夕食は食べなかったのだが……少し図々しかっただろうか。

駅までのわかりやすい行き方も教えてもらった。なるほど。地下鉄じゃなくてＪＲを使う方がわかりやすいんだな。

さあ、これでいつでもプリンが食べられる！　と意気込んで、ひよりにも自信満々なメールを送った京香だったが――。

何と、いつ電話をかけても、プリンがない！

というより、ない方が普通だったと気づいたのがあとの祭り。そうだよね……しょっちゅうあったらメニューに載せるはず。

最初のうちは毎日のように電話して、「今日はありますか？」とわくわくして訊いていたのだが、あまりにも何度も「ごめんなさい、ありません」と言われるので、電話をかけるのも申し訳なくなってきた。かといって、間を空けて電話をすれば「昨日はあったんですけど」と言われて本当に悲しくなるし。

だんだんそれらの葛藤に耐えられなくなり、次第に時間がある時には実際に出向くことにした。プリンがないと、結局この店の料理が食べられないことになるのもいやだったから。

〝キッチンやまざき〟は料理も（何もそれが本筋）おいしかった。ちぐはぐな外装と内装は、ぬいぐるみの店主（名前は山崎ぶたぶたと教えてもらった）とよく似ている感じがして、次第に慣れた。

そのうち、わざわざ電車に乗って行くのがめんどくさくなってきた。何しろ、そんな近所じゃないのだ。

なら、思い切って、あの街に引っ越せばいいのでは。

ちょうどアパートの更新時期に来ており、その費用を引っ越しに当てたとしてもそんなに変わらないと思ったのだ。しかも、あそこは今住んでいる街よりも家賃の相場や物価が安い上に、交通の便がばつぐんにいい。路線図を見ると遠くなったように思えるのに、実際は通勤時間が短縮された。

ただ、こういうことがなければ引っ越そうとは絶対に思わなかった街だった。街のイメージが地味すぎて、住んでみないといいところだとわからないから。

引っ越しまでの間、キッチンやまざきへ行けなかったのだが、その間にプリンがあったのかどうなのか——気になって仕方がなかった。「今日、プリンあります」みたいなメルマガでも出してもらえないかな、とすら思うが、行かないくせにプリンプリン言うのも恥ずかしくて、口には出せなかった。

ところが引っ越しした日の夜、キッチンやまざきへ行ってみると、何と！　ついにプリンがあった！

「成島さんへの引っ越し祝い」

とぶたぶたが出してくれたのだ。

引っ越しそばのかわりにミートボールスパゲティを食べてから、いよいよプリンを味わえる時が来た。いつぞや見かけた湯呑みのような容器ではなく、ちゃんとしたプリンの型に入っていた。

「あのっ、わがまま言ってもいいですか？」

「？　いいですよ？」

この店は、けっこうお客の要望を聞いてくれる。メニューにないものでも、できる限り作ってくれるのだ。

「皿に出すんですよね？」

「そうですね。今回はプリンカップで作りましたから」

今回は、というのが気になったが、

「何か飾りつけたりするんですか？」

「ええ、生クリームをちょっと絞って、さくらんぼを載せるくらいですが」

すごい。昭和なプリンだ。けど、

「何もなくていいです。お皿に出してもらえるだけで」

出さなくてもいいくらいなのだが、プリン型で食べるのは少々淋しい。この間の湯呑みみたいなのだったらそのままでもいいんだけどなあ。

ぶたぶたは頼んだとおり、白いシンプルな皿にプリンを出すだけにしてくれた。上の方はカラメルソースで色が変わっている。なめらかでつるんとした表面。テーブルに置く時のぷるんとした震えがたまらない。固めのプリンの王道というべき卵のふんわり甘い香り——。

てっぺんをすくって、一口食べてみる。

「うっ……！」

京香は一瞬、絶句した。

「お、おいしい……！」

その声は、ほとんどため息のようなものだったが。

今までのお気に入りにまったく引けを取らない。いや、むしろ勝ってるかも！　京香の好みのど真ん中、つまり、理想のプリンがそこにあった。

何よりクセがないので卵とミルクの風味をそのまま食べているように思えるのだ。甘すぎないプリンと苦みのある香ばしいカラメルソースのバランスも完璧。大人の味？　いや、二十代の自分が言うのもなんだが、なつかしい味とも言えた。子供もきっと好きなはず。

いったいどんな卵使ってるの？　ミルクも高いものなのかな？

だから、めったに出てこない？

パクパク食べてしまってから、満足したと同時に後悔する。こんなに急いで食べることなかった。いや、急いでいたわけじゃなくて、止まらなかっただけなんだけど。

そして、はっと気づく。このプリン、いくら⁉

最初に話を聞いた時は「安い」ということだったけれども、それは「味の割には」という但し書きがついていたようなものだった。でも、いくら安いと言っても、いい材料を使っていれば、それだけ高いはず。メニューにないから値段は知らない。時価、ということだよね？　あたし、時価のものなんて食べたことない、怖いからっ。

「あの……このプリン、いくらなんですか？」

「あ、それはね、百円」

「ひゃ……⁉」

あたしは、本当に絶句してしまった。比喩ではなく、声が出ない。

何度か唾を飲み込み、ようやく元に戻る。

「ええー、ひゃ、百円だなんて、安すぎる！　もっととってもいいですよ！」

いや、安いと助かることは助かるけど。こんな安価でおいしいものが食べられるなんて！

「いやー、でもこんなもんでいいかな、と思って。めったに作れないし」

作れない、と言った……。作らない、ではなく、作れない……。やはり、材料調達が困難なんだろうか。

ならば、なぜ百円!?

その日は、ちょっと放心したまま、新しいアパートへ帰った。前の家賃と同じだけど、ちょっと広くて新築。日当たりもいいし、静かなところも気に入っていた。

ようやく念願のプリンを口にできたが、謎は深まったと言ってもよかった。他にも気になるプリンはいくつもあったのだが、今はぶたぶたのプリンの真相を知りたい。

引っ越して正解だったかも、と京香は思っていた。

自炊が苦手な京香は、基本外食だ。

前に住んでいた街には、コンビニくらいしかなくて、食生活は悲惨なものだった。これでも一人暮らしをしたら料理くらいしようと思っていた。というか、できるものだと思っていた。母からその残念な料理センスを指摘され続けていたが、必要にかられればできるだろう、と考えていたし、実際にやってはみたのだが、結果は思ったよりも悲惨だった。

どうやったらイメージどおりの味つけというものができるのか。自分にとって、料理は謎だらけのものだった。

ご飯を炊いたり野菜を切るくらいはできるが、他の料理のレパートリーは、食材をそのままか焼くかして、しょうゆやポン酢やマヨネーズをかける程度。それでもご飯は一応食べられるけれども、味気ないし、何より情けない。凝ったものに挑戦しようという気力が湧いたとしても、失敗した時の無力感がハンパではない。

しかし、引っ越して来た街にはキッチンやまざきだけでなく、和食や中華など様々な飲食店や総菜店があった。コンビニのお弁当よりもずっと経済的だ。目移りするくらいだった。

でも、その中でもやっぱり一番おいしいと思ったのは、キッチンやまざきで――京香は引っ越してきてから、この店のメニューを全部食べ尽くしてしまっていた。

しかし、相変わらずプリンはめったに出てこない。

「どうしてプリンをメニューに出さないんですか？　あんなにおいしいのに」

お店が比較的ヒマだった夜、京香はぶたぶたに訊いてみた。

「うーん、片手間に作ってるからですかねえ」

片手間？　あれを片手間というのか!?

「一度に四個しか作れませんし」

ええーっ、それは、もしかして四個分しか材料が手に入らないから？

「元々は子供のおやつでしたからね」

子供――そう。ぶたぶたには子供がいるのだ。もちろん妻も。いつも一緒にお店を仕切っているのだ。子供は中学生と小学生の女の子二人。かわいくて素直で、人なつこい。もちろん、ぬいぐるみではない。見た目は。いや、人間だとは思うけど。

「子供のおやつ――」

ちょっといやな予感……。

「もしかして、プリンの素《もと》とか……」

「いえ。そういうのは使ってませんよ。前に作ってみたんですけど、なんか別物にしか思えませんでしたね」

小さい頃から普通のプリンを食べていたので、プリンの素で作ったプリンの味を知ったのはつい最近だ。これなら作れる、と思って。

確かに作れたのだが、ぶたぶたの言うとおり、プリンとは違っていた……。念のため、母にも作ってもらったが、さすがに同じ味だった。

「うちのプリンは、卵と牛乳と砂糖以外使ってません。バニラエッセンスは入れてますけど」

超シンプルなのに、どうしてあんなにおいしいんだろう。

「それにしては子供の受けもよかったので、残った奴をお客さんに出したら、喜ばれて」

「えー、お子さんの余りなんですか?」

「うーん……そう言われると答えにくいですけど……まあ、そうなんです。子供たちに見つかると先に食べられちゃいます」

なんという贅沢! あんなちっこい頃からあんなプリンを食べているなんて、舌が肥えすぎて、末恐ろしい。

それを考えると、食事自体もそうか。自分もそんなまずいものを食べてきたわけではないが（母はお菓子作りには興味ないが、料理は好き）、あの子たちには負ける。純粋にうらやましい、と思った。

「あ、いらっしゃいませー」

新しい客が入ってきて、ぶたぶたは調理場を忙しく動き回り始めた。

いつもいつもぶたぶたとゆっくり話がしたいと思うのだが、料理の注文が入ると話しづらいし、他にも彼と話したがる人はたくさんいて、口をはさむのが難しい。ヒマな時間帯を狙って行くくらいしかできないのだが、自分にも仕事があるし、だいたい客が途切れるということが珍しい。忙しそうでちょっと心配になるほど。不思議なことに、疲れていそうとか、寝不足気味とかもちゃんとわかる。

ゆっくりプリンのことを聞きたくて常連になったようなものなのに、かえって訊きづらくなるとはどういうこと!?

なかなか思ったとおりにはいかないが、今の状態に京香はけっこう満足していた。プリンを食べた日にひよりにメールを送ると、異様にくやしがることも含めて。

その週の金曜日、京香は代休を取っていた。

三連休になったので、実家へ帰ろうかと思ったのだが、ハードな仕事がたたって、午前中に起きられなかった。

昼過ぎにのたのた起きて、キッチンやまざきへ行く。平日のランチなんて珍しい。何を食べようか、と店に入ると、注文を取りに来たアルバイトの大学生、菜子《なこ》が言う。

「成島さん、今日はプリンありますよ」

「えっ、ほんと？」

「デザートにつけますか？」

うなずこうとして、はたと考える。本当なら、実家へ帰って、ひよりに会おうと言っていたのだ。まだ家にもひよりにも、行くとも行かないとも連絡していなかった。

「プリン、いくつあるんですか？」

「二つあります」

二つ。それを聞いたとたん、京香の心は決まった。

「二つ、お持ち帰りにしてください」

深夜バスで実家へ帰り、ひよりにこのプリンを食べさせてあげよう。

帰り際、ぶたぶた自らがプリンを箱に入れ、差し出してくれた。

「賞味期限は明日の朝九時までですから」

ぶたぶたが手書きのシールをプリンのふたに貼ってくれた。その厳密な期限は何なんだろう。

「それ以降は食べちゃダメなんですか？」

ちょっと微妙な時間帯だ。まさかバス停に来てもらうわけにもいかない。多分その時間、ひよりはまだ寝ているはずだ。

「いや、食べられますよ。でもなるべく早く食べてくださいね。本当は今日中に食べてほしいんですが」

うーん、いくら何でもそれは無理だ。でもまあ、普通のケーキと同じような感じと思っていればいいのかな？

家に帰り、プリンを保冷バッグに入れ替えた。気温のちょうどいい秋でよかった。とりあえず、暑すぎず寒すぎず（暖房効きすぎも困る）。なるべく早く実家の冷蔵庫に入れなければいけないが。

ここまでやってバスに乗れないとバカみたいだが、何とか座席も取れた。田舎に帰るのは久しぶりだ。バスを使うとけっこう安く帰れるのだが、プリン以外の用事で家に帰ることはあまりなかったりする。

割と慣れているので、充分睡眠は取れる。何度かプリンを食べてしまいたい誘惑にかられながらも、何とかこらえて田舎の駅に着く。父親が迎えに来てくれていた。

「はい、これおみやげ」

サービスエリアで買ったもので悪いな、と思いつつ差し出す。でも、値段ではプリンよりもずっと高いのだが。ありがたみが全然違うのはなぜだろう。

それでも、父も母も喜ぶので、さらに罪悪感が増す。

実家に帰り、ぶたぶたの言う賞味期限が切れる頃、ひよりからメールが入った。

『うちに来て、お昼一緒に食べよう』

彼女もわくわくしているらしい。『ついに食べられるんだね！』という文字が躍っていた。

昼近くになって、ひよりの家へ向かう。歩いていける距離だ。幼稚園からずっと一緒の幼なじみは、ちゃんと昼ご飯の準備をして待っていてくれた——もちろん、彼女の母親が、だが。

「おー、ごぶさたー」

顔を合わせて話すのは久しぶりだが、電話やメールをしているので、ちっとも離れているように思えない。

ひよりにしても昼ご飯より先にプリン、という気分らしいが、作っていただいた食事の手前、それはデザートとして食することにした。

ちゃんとテーブルの上を片づけ、紅茶もいれた。冷蔵庫に入れさせてもらっていたプリンがいよいよ登場だ。

「はい、これが例のプリン！」

「ええーっ、これで百円!?　容器も含めて？」

「ううん、容器はあとで返すの」

最近、飾り付けをしなくてもいいんなら、ということで、本当に湯呑みで出てくるようになったのだ。基本的に持ち帰るものではないので、洗って返さねば。

「容器がないにしても、百円は安いよ。コンビニのプリンだってもっとするもん」

「だよねー」

「じゃあ、さっそくいただいちゃおうかなー」

ひよりの顔が輝く。

「どうぞー」

自分が作ったわけでもないのに、自信満々ですすめる。ドキドキしながら、ひよりが食べるのを見守る。スプーンですくって、ぱくっと一口。

——そのあとのリアクションを待ったが、特に何も起こらない。

え？　どういうこと？

ひよりは顔色も変えずに、普通にぱくぱく食べている。もしかして、あたしも最初こんな感じだったのかな。何も考えずに一気に食べてしまったという記憶はあるが。

ほどほどの大きさのプリンだが、そんなに食べ終わるまで時間がかかるわけではない。

「ごちそうさま。おいしかったよ」

にこっとひよりは笑って、紅茶を飲んだ。しかし、そこに感嘆の表情はない。

「おいしいのは知ってるけど……他はないの？」

焦れた京香が、さらなる感想を求める。

「他？」

ひよりが首を傾げる。

「もうっ、だから、忌憚《きたん》のない意見を聞かせてよ！」

「えー、だって……おいしいけど……普通？」

普通。

「ええーっ！」

そんな言葉が出てくるなんて、予想もしていなかった……！

「何なの、その反応。こっちがびっくりするよ！」

「だって、普通とかありえないよ……」

こんなにおいしいのに。自分の舌（プリンに限る）には絶対の自信を持っていたのにーっ。

「けど、ほんとに普通においしいだけだけど……何がどう違うのか、あたしにはわかんないよ」

「貸しなさい！」

いや、自分のプリンはちゃんとあるので、それをぐっと握りしめただけだが。

「今からあたしが食べて、真の味を伝えてみせるから！」

そう叫んで、勇んで一口、口に含んだ。広がる卵の味、まろやかな口当たり、香ばしいカラメルソース――。

「……あれ？」

あれ、おかしい。

もう一口、食べてみる。

「………」

「京香？」

ひよりの声は、猫なで声のようだった。

「京香、どうしたの？」

しばらく悩んだが、こう言うしかなかった。

「……普通だ」

「そう言ったでしょ？」

「何で普通なの!?」

おいしいことはおいしいけれど、店で食べたのと違う。

「えっ、バスの中ですり替えられた？」

「何言ってんの？」

肌身離さず持っていたから、そんなことはないと思う。ないはず。多分ない。

「傷んじゃったんじゃない？」

「だって、昨日作ったものなんだよ！」

基本的にその日の朝作って、その日のうちに食べてしまうと言っていた。

「賞味期限は今朝の九時って書いてあるね」

ひよりはぶたぶた手書きのシールを見て、京香の食べかけのプリンをふんふん嗅ぐ。

「まあ、変な臭いもしないし」

「じゃあ、何で？　ていうか、あたしはどう味が変わったのかわかんないけど」

「当たり前だよ」

京香にもわからない。

「少し作り方とか材料とかを変えたのかな……。あんまり作らないし、材料にもこだわってるみたいだから、何か手に入らなかったのかもしれない」

「そんなこだわりのプリンが百円なのー？　本当？」

だって、ほんとに百円で売ってるんだもん。

結局、ひよりとのプリン対決は保留になった。とにかく、あのプリンで勝負しようと思ったわけではないのだから。

東京に帰ってきて、アパートにも戻らず、真っ先にキッチンやまざきへ行った。いつかのように昼休みの間に。

あれ以来、開いていない時間帯には行っていなかったのだが、今日はどうしても話したかったから、お邪魔することにした。

ぶたぶたは、厨房で鍋をかき混ぜていた。スープの仕込みの途中らしかったが、あたしの顔を見るとにこっと笑った。休憩中だからって、追い出されることはなさそうだ。

「ぶたぶたさん……プリン、ありがとうございました」

「お友だちと食べたの？」

「はい、食べました。でもあのう……なんか味が変わってたみたいなんですけど……」

とても言いづらかったが、訊かねば。

「味が変わった？」

「はい。何か材料変えたんですか？」

「変えてないですよ――っていうか、いつ食べたの？」

「昨日のお昼です」

「ああ」

合点のいった顔をすると、ぶたぶたは驚くべきことを言った。

「それは変わりますよ。一日たったら、びっくりするほど変わるからね」

「え？」

「うちのプリンの賞味期限に、余裕はないんです」

「ええっ⁉」

何と――あの「賞味期限」は本当の意味での「賞味」の期限だったのか⁉

「何でそんなに変わるんですか……？」

「他に何も入れてないから、できたてが一番おいしいんですよ」

他に何かあるかと思って、続く言葉を待ったが、ぶたぶたは黙っていた。

「……そ、それだけ？」

「そう」

彼は何でもないことのように、鍋をかき混ぜ続けていた。

「でも、卵とか牛乳とかは、特別のものなんですよね……？」

「いや、卵は一応仕入れてるところはあるけど、そんな特別なところのものじゃないし、牛乳はスーパーで売ってるごく普通のものだし」

普通、ですか？

「濃い奴とかでもなく？」

「うん。ただの牛乳ですよ。砂糖もいつも店で使ってるものだし」

へなへなとへたりこみそうになった。

「プリンって、蒸して作るとけっこう簡単で、安い材料でもすごくおいしくできて、最初はびっくりしたんですよね」

鍋の中身の味を見たり、塩を振ったりしながら、話を続ける。

「店で出したら売れるんじゃないかって思ったくらいだったんだけど、次の日に食べたらもう味が落ちてて、これまたびっくりしちゃって。だから、たまに子供のために作ったり、時間が空いたら店用に作ったりっていうのをしてるだけにしたんですよ」

「……それだけ？」

「そうです」

「じゃ、じゃあ、四つしか作らないのって——」

「使ってる鍋に四つしか入らないもんで」

……そんな理由だったのかー！

「できたての味をせめて二、三日くらいキープできれば売れるんでしょうけど、それを研究するヒマもないし、プロじゃない僕がやることでもないな、と思って。たまに作ってその日のうちに食べてしまうのが一番じゃないかって思ったんですよ。味が落ちたものでも充分おいしいと思うんですが、どうしても作りたてと比べちゃうしね」

そうだったのか……。あたしが勝手にすごいことだと誤解していただけだったんだな。

「どうしたの？」

京香のうちひしがれた様子に、ぶたぶたが気づく。

「ぶたぶたさん……あたしも自分でプリンが作れれば、あの味が再現できるってことですか……？」

「うん。できるんじゃない？」

そんなこともなげに言わないでくれ！

ひよりにことの次第を説明すると、

「どうしても行って食べたい！」

と電話の向こうで騒ぎ出したので、ぶたぶたさんに頼んで、予定を合わせて作ってもらった。

そして、やっぱりひよりも同じ質問を彼にしたのだ。だが、答えは同じ。

「できるんじゃない？」

京香のアパートに戻り、貸してもらった料理本を見て、二人でうなる。何と、鍋まで貸してもらったのだ。料理本というか冊子は、それについていたものだった。

本当にぶたぶたの言うとおりに作れるのなら、こんなうれしいことはないのだが――京香はなぜか作りたくない、と思っていた。ひよりも同じような顔をしている。

「まあ、あれは……ぶたぶたさんのプリンだからね」

「そうだよね。そう思うよね」

二人とも、そう思いたいのだ。自分でできるできないではなく。

料理に自信がないでもなくっ。

初めてのバイト

大学生になって、やろうと決めていたことがいくつかある。

その一つは「アルバイトをすること」だ。高校時代は部活と受験勉強で、とてもバイトをする気になれなかった。おこづかいをもっと欲しい、と思う時もあったけれど、服にもそれほど執着がなかったし、本代などは別に出してもらっていたので、切迫感がなかったのだ。

部活を引退してから、多少おしゃれな同級生たちを意識した部分もあるのだが、すぐに受験勉強に突入してしまったので、あれもこれも大学生になってから、と自分で決めていた。とにかくバイトをする、と。学校と部活以外に行動範囲と可能性を広げるのだ！

——とはいえ、今はまだ春休みだったりする。あたしはまだ、バイトを決めていなかった。

これでも一応、大学ではちゃんと勉強しようと思っている。だから、まずは授業に慣れてから探そう。

ノックもなしに部屋へ入ってきた母が、ベッドで寝っ転がっているあたしに対して、苦々しい顔つきで言う。

「若葉《わかば》——」

「あんたはいつもそうやってゴロゴロして——」

母の言葉は容赦《ようしゃ》がない。

「部屋にいて勉強してるフリしてれば、文句言われないと思ってるの？」

「フリじゃないもん！」

だいたい今はほんとにしてないし。

「いい若いもんが家でダラダラなんてしないの。菜子なんか、大学行ってバイトして、おまけにおうちの手伝いまでしっかりやってるんだよ」

つまり、うちの手伝いをしろと言いたいわけね——あたしは内心で舌打ちをする。

菜子は隣の町内に住む二つ年上のいとこで、あたしよりもずっとエネルギッシュな女の子なのだ。成績はいいし、部活や生徒会や委員会活動では常に上に位置するような面倒見のよさもある。昔から姉妹のように仲がいいのだが、性格がかなり違うから、というのもあるのだろう。

五歳上の兄といとこの菜子に甘やかされて、あたしは自他ともに認める妹体質なのだが、それはそれでなかなか居心地がいい。母の小言がなければ。

「あんたはだから彼氏ができないのよ」

「何それ⁉」

今の話の流れと全然噛み合わないと思うが、母の中ではつながっているようだ。こうなると、反論も何もできないので、おとなしく拝聴するしかなかった。

三十分近くして、ようやっと母から解放された。

はーやれやれ。疲れたからマンガでも読もうかな、と思って机に座った時、携帯電話が鳴る。「菜子」と表示されていた。

「もしもし？」

「……若葉……？」

ものすごくガラガラした声が聞こえた。え、ほんとに菜子なの？

「どうしたの⁉」

「ちょっと……ひどい風邪ひいちゃって」

ずびずび鼻をする音。

「喉？」

「うん……熱もあるし、鼻も――」

電話の向こうからものすごいくしゃみが聞こえた。

「まあ、こんな感じで」

「かわいそうに。早くよくなるといいね」

「うん、ありがと……。それでね、若葉、今度の土曜日、ヒマ？」

春休みの間、何も予定がないと言うのもしゃくだが、身内に、特に菜子に嘘をついても仕方がない。

「うん、ヒマだよ」

「じゃあさ……あたしの代わりにバイトに出てくれない？」

「バイト？」

菜子が隣町の洋食屋でバイトをしているのは聞いたことがあったが、まだ食べに行ったことはない。おいしいらしいから、一度行ってみたいとは思っているが、どうしてか予定が合わなかった。

「土曜日から土手で桜祭りをやるんだよ。そこにバイト先が出店するの。仕込みの手伝いもやらないといけないのに……」

心底残念そうに菜子は言う。

「一応、そっちは別のバイトの人がしてくれることになったんだけど、せめて売り子だけでも、と思って。でも、具合が微妙だし、約束して出られないと困るから、若葉に頼んどけないかなあって電話したの」

売り子か。仕込みとかはよくわからないけど、ものを売るだけなら何とかなるかも。

「具合がよくならなかったら、あたしがやるってことだね？」

「でも、ヒマなら一緒にやろうよ。きっと人手足りないと思うんだよね。バイト代はどれくらいになるかわかんないんだけど……」

「うん、いいよ。菜子が一緒の方が、初めてだからいいな」

土手の桜祭りにも、行ったことがなかったし。

「本当？　ありがと、助かるー」

またくしゃみ。

「なるべくあたしも行けるようにがんばる……」

「無理したら長引くよ」

「……そうだよね。人にもうつるもんね……」

何だか悲しそうな声だ。

「けど、土曜日までまだ少しあるし……」

「じゃあ、もう寝てなよ」

「うん、わかった。前の日にまた電話するからね」

「はーい。お大事にね」

げほげほした余韻を残して、菜子の電話は切れた。

バイト——初めてのバイト。かも。あ、そうだ。雨だったらどうなるの？

でもとりあえず、土曜日の天気は晴れるといいな。

昼近くになって、母が外出してしまった。
昼食をどうしようか——と考えた時、そうだ、バイトの下見に行ってこようかな、と思い立つ。下見というか、つまりお昼を菜子が働いている洋食屋さんで食べようということなのだが。

場所は以前、菜子から聞いて見当はついている。自転車で行けば十五分くらいで着くはずだ。

さっそく出かける。外はいい天気だった。暑くも寒くもなく、春のさわやかさそのもの。土曜日もこんなふうだったらいいな。

鼻歌を歌ったり、口笛の真似事をしたりしているうちに、迷わず目的のお店へ着いてしまった。

〝キッチンやまざき〟。

地味なネーミングと葉っぱに覆われてツタがからんだような古びた建物は、ここの街並みにふさわしい。

しかし、ショッキングな事実が判明した。

『本日休業日』

何てことだろう。まあ、店のことを何も知らなかったんだから、仕方ないけど。

「菜子ちゃん！」

ぼんやり閉められたドアを見つめていたら、後ろから声がかかった。

「菜子ちゃん、ぶたぶたさんが誘拐されたって！」

……は？


「メール見て来たの⁉　早かったね」

ぐいっと振り向かせられる。三十代くらいの女性の焦ったような顔が見えた。

「あっ、菜子ちゃんじゃない⁉」

ぱっと手を離した。

「誰⁉」

「菜子のいとこです」

姉妹から生まれた母似のいとこ同士なので、あたしと菜子の顔は似ている。特に体型や立ち居振る舞いがそっくりらしい。服もよく貸し借りするし。

「ああ、よく似てるけど……」

「辻《つじ》若葉です」

ちなみに菜子の名字は検見川《けみがわ》だ。

「まあ、ごめんなさい！　偶然ここにいたの？」

「いえ、菜子のかわりに――」

バイト頼まれたから食べに来てみた、と言い終わらないうちに、

「じゃあ、入りましょう」

ぐいっと引っ張られてしまう。えっ？

抵抗する間もなく、キッチンやまざきの中へ押し込まれてしまう。

外と中はだいぶ違った雰囲気だった。古びた洋風の建物から、妙に真新しい和風の店内――。そば屋？　寿司屋？　ちょっと予想外の店だ。

中には人が二人いた。一人はカウンター席、一人はテーブル席。

ぼんやり店内を観察していると、あたしを引き入れた女性が突然言う。

「この人、菜子ちゃんのかわり。いとこさんだって」

ええっ、いきなりそんな展開？

「菜子ちゃんに言われて来たの？」

彼女がずいっとあたしに詰め寄る。

「いや、あの、そうなんですけど――」

そうじゃないけど、すぐに次の質問が繰り出される。

「菜子ちゃんから聞いてない？」

「いえ、あの……」

「菜子ちゃんはどうして来ないの？」

「菜子はひどい風邪をひいてるんです」

「そうなのー」

あたし以外三人の声が合わさったところに、携帯電話の呼び出し音が鳴った。

「ちょっとごめんなさい」

あたしを問いつめていた女性が出る。

「——もしもし？　菜子ちゃん⁉」

みんなの視線が、彼女に集まる。ちょっとほっとした。

「どうしたの？　——うん、うん。あー、そうなの、今？　うん——」

しばらく相槌《あいづち》だけの会話が続く。

「——そうなんだー。そうだよね。うん、わかった。あ、そうだ。今、いとこの若葉ちゃんって女の子がいるんだけど。——うん、わかった」

女性はケータイを若葉に差し出した。

「菜子ちゃんが替わってって」

言われるまま電話に出ると、

「ぶたぶたさんが、誘拐されたって……」

泣いてるし！

「菜子、落ち着いてっ」

熱が上がるじゃないか。

「メールにさっき気がついたの。何か気になったことあるかって書いてあったけど、何にも憶えてなくて……」

いろいろ合いの手を出しても、菜子は一向に落ち着く気配がない。だいたいぶたぶたって何？　誘拐って誰かいなくなったの？　子供？

とにかく話を要約すると、菜子は誘拐に関して何も知らない、ということらしい。

「若葉、ぶたぶたさんを探して……」

「わかった、わかったから、もう寝なさい」

「ほんとに探してよ……」

もう呂律《ろれつ》が回ってないんだけど。

「わかったよ。ちゃんと探すから。約束するから」

何が何だかわからないけど、承知しないと電話を切りそうにないので、あたしはそう言った。

菜子はようやく納得して、電話を切った。ほっとため息をついて、電話を持ち主に返す。

周囲を見回すと、何だか微妙な空気だった。

電話の持ち主とカウンター席の女性は、心配そうな顔でこっちを見ている。もう一人は男性で、トレーニングウェア姿のおじいさんだった。

「探すの協力してくれるの？」

「乃美《のみ》さん……」

カウンター席の女性が、いさめるように言う。

「でも、少しでも動ける人がいた方がいいよ。菜子ちゃんの身内なら、事情も知ってるだろうし」

いやいや、何も知らないけど！　そういう意味で首を激しく振っても、誰も見ていないし。

「ねえ、あなた、若葉ちゃんだっけ？　少し時間ある？　協力してもらえない、ぶたぶたさんの捜索に」

「え……その、ぶたぶたさんって……」

「ここの店主よ。山崎ぶたぶたさん！」

あー、なるほど。〝キッチンやまざき〟の店主の山崎さん。ぶたぶたとは変わった名前だが、あだ名？　それとも、ペンネームみたいなものかなあ。

「えっ、その山崎さんが誘拐されたんですか？」

「そうよー。この人の目の前でさらわれたのよ」

そう言って乃美という名前らしい女性が、おじいさんを指さす。彼はコーヒーをすすりながら、会釈をした。

「あのう……菜子に約束したので、協力はしたいんですが……全然状況がわかっていないので、最初から説明していただけないでしょうか……？　まず、誰が誰だかわからないので……」

ようやくまとまったことが言えた。すると、乃美さんがはっとしたように言う。

「あっ、そうよね。菜子ちゃんのつもりで話しちゃったわ、ごめんなさいね。こちらが、ぶたぶたさんの奥さん」

カウンター席の女性がペコリと頭を下げた。美人だ。

「すみません、なんか巻き込んでしまったみたいで……」

「いえあの……何もしてませんし……」

多分、何もできないと思うけど。

「で、こちらが近所の渡瀬《わたせ》さん」

「どうも」

おじいさんがぴょこと頭を下げる。

「あたしは、乃美です。この先のパン屋をやってるの」

「辻若葉です」

一応もう一度自己紹介をしておく。

「じゃあ、渡瀬さん、今朝の状況を説明していただける?」

山崎夫人の店でもあるだろうに乃美さんが完全に仕切った状況だったが、夫人も渡瀬さんもあまり気にしていないようだった。

「今朝——っていうか、十時ちょっと前くらいかな。川の土手を散歩してたら、ぶたぶたさんに会って。休みの日だから、彼も散歩してたんだよね。しばらく話しながら一緒に歩いたんだけど、わたしは帰ろうと思って別れたの。で、そのあとに土曜日の祭りのこと訊こうと思って振り向いたら、ちょうど連れ去られるところだったんだよ」

淡々とした語り口。緊張感ないなあ。でも、さっき「誘拐」って言っていた。あたしの頭の中には、黒塗りの車の中に押し込まれる中年男性の図が浮かぶ。

「誘拐されたって言ってましたよね？」

「うーん……誘拐って、わたし言った？」

え？

「いや、誘拐って言ったのはあたし」

乃美さんが胸を張って言う。

「連れ去られたんだし、言った時間になっても帰ってこないんだから、誘拐でしょ？」

「まあ、何かあったのは確かだとは思うけど……」

山崎夫人は心配そうだったが、

「誘拐とは思ってないんですか？」

「まあ、もう少し様子を見ないとって思ってるの。まだ数時間のことだし、子供じゃないからね」

「でも、前から変な電話とかあったんでしょ？」

乃美さんの言葉に、山崎夫人は渋々といった様子でうなずいた。

「それは間違い電話かもしれないし……」

「やっぱり警察に連絡した方がいいんじゃない？」

「でも、いつものことかもしれないし……」

いつものこと？

「あの……ご主人は、よく誘拐されるんですか？」

考えてみれば、すごい質問だ。ところが、

「誘拐っていうか……よく連れてはいかれるんです」

答えはもっとすごかった。

「やっぱり！」

乃美さんが興奮したように叫ぶ。いいのかな、この人。

それより、よく連れていかれるってどういうことなの？　子供じゃないんでしょ？　子供でも困るけど。あたしだって、こないだまで女子高生だったけど、連れ去られたことなんかないよ！

「連れていかれるっていうか、ひったくりって感じだよね」

渡瀬さんが言う。

「そう。持ちやすい時にこう――サッと」

彼は、テーブルの上にあったこしょう入れを片手で取り去った。それにしても、持ちやすい時って何なんだ。

「自転車の荷台に乗ってる時とかさ」

「あー、それはやりやすそう」

いや、別にやりやすくはないと思うんだけど……。落ちるだけでは？

「見たことあるもん」

落ちたところを？

「あたしもそれはあります」

渡瀬さんと山崎夫人がうんうんとうなずく。

「へえー、そんなことあったんだ」

乃美さん、何でそこで感心をするかなあ。

「耳持たれるとかわいそうだよね」

「あんまり痛くはないそうなんですけど」

「ひ、ひったくり？」

いや、それは絶対に痛いと思うけど。

「でも、今回はちょっと違うように見えたから、知らせに来たんだよ」

我に返ったように渡瀬さんが言う。

「違うってどういうことですか？」

ここはあたしが仕切らないといけないかもしれない。

「振り返った時、ぶたぶたさんの脇に自転車が停まってて、乗ってた人と話をしてたみたいなんだよね」

「それって知り合いってことですか？」

「そうかもしれない。でも、散歩してて知らない人と話すのは珍しいことじゃないし、少なくともわたしはその人を知らなかったよ。ていうか、顔も後ろからだから、横顔がちょっとしか見えなかったし。口元にあまりしわがなくて、若い男らしいとは思ったんだけど、サングラスっていうか、ゴーグルっていうの？　水泳の時にするような奴してて、よくわからなかったんだよね」

けっこうなお歳に見えて、渡瀬さんはしっかり記憶していた。

「ほら、自転車の選手みたいな格好してたんだよ。変な形の帽子かぶって、かっこいい自転車に乗って」

「ああ、土手でもよく見かけるね。練習してるのかな」

乃美さんは言うが、あたしにはいまいちピンと来ない。いや、自転車の選手というのはわかるが、土手の様子は行ったことがないのでわからない。

「で、ちょっと話したと思ったら、ぶたぶたさんの手をいきなりつかんで連れてっちゃったんだよね」

ふーん、引っ張られたということか。

「ぴゃーって行っちゃったから、追いかけられなくて。土手をすぐに降りて、下の道に入っちゃったんだよ」

「追いかけるも何も、そんな自転車で追いつけるわけないよ」

乃美さんがあきれたように言う。

「車とかなら、ナンバー憶えたりもできたかもだけど、自転車じゃわかんなくてさ」

「そうよね。そんな選手みたいなかっこうしてたら、みんな同じに見えちゃうし」

「ただ連れていくなら、ぶたぶたさんとは話さないと思うし、話して連れていったから、意図的なのかな、と思ったんだよ。どうかな、奥さん？」

「うーん、そうかもしれませんけど……」

あたしは少し混乱していた。どうもここの店主の山崎は、車ではなく、自転車で連れ去られたらしい。それって、連れ去りって言うのかな？　手をひっぱってということは、自分の足で走ってついていったってことでしょ？　相手も片手運転をしていたということだ。選手みたいな格好ということは、自転車自体もロードレース用みたいなスピードの出るものだろう。

そんなもので、そういう体勢で、大人の男性をちゃんと拉致できるものなんだろうか？

——ちゃんと拉致できるって何だよ？

自分の考えていることが妙であると気づいて、笑っていいのか悩んでいいのかわからなくなった。渡瀬さんは細かいところまできちんと憶えていて、ちゃんと話しているようだし、山崎夫人も乃美さんも特に疑問に思っていないようだが、あたしの頭の中では、うまく想像できないのだ。

周りにさんざ、ぼんやりとか人の話を聞いていないとか勝手に解釈するとか言われてきて、「そんなことない」と憤慨したものだが、それってつまりこういうことなのかもしれない。

高校を卒業して、これから大学に通うけれども、「まだまだ子供」と言われて反発しても、みんなわかっているらしいこともわからないようでは、やはり子供なのか？　なんかこう……きっと特殊だけど知識のある人なら知っているすごい自転車があって、この近くの土手ではそれに乗るのが普通だったりして。

「ぶたぶたさんの意志でついていったようには見えなかったから、やっぱり誘拐なのかなあ」

渡瀬さんが考え込むように言う。

「あたしもそう感じるなあ。若葉ちゃんもそう思うでしょ？」

「えっ⁉　はっはい」

乃美さんの問いかけに、とっさに返事をしてしまう。

「おうちに連絡が来ないってのも変でしょ？　今日は家族で出かけるはずだったんだから。普通なら、メールなり電話なりあるはずって言ってたじゃない」

「まあ、約束は絶対守る人なのよね……」

「警察に連絡する？」

「うーん……一応あの人も大人だし……一日くらい様子は見た方がいいのかもしれないし

「……」

山崎夫人はとても悩んでいて、とにかく心配そうだった。

「だから、ここはちょっと菜子ちゃんに探してもらおうと思って連絡したのよ」

「え、菜子ですか？」

「でも、菜子ちゃんは風邪なんでしょ？　だから、かわりに来ていきなりで悪いけど、若葉ちゃん、ぶたぶたさんを探してきてあげてよ」

おお、そういうことですか……。

「乃美さん、たまにあることなんだから、そんなに——」

「でも、拉致されるところを見たことあったわけじゃないんでしょ？」

乃美さんの言葉に、山崎夫人は黙ってしまう。

「まあ、一緒にいれば、守ってあげられるから……」

一人でいると拉致される中年男って、どういう人なんだろうか。

「だから、菜子ちゃんっていうか、若葉ちゃんに頼むんじゃない。動けるのは、この子しかいないんだよ。他に声かけないとなると——」

「え、他に誰もいないんですか？」

「大げさにしたくないからね。みんな喜んで協力してくれると思うけど、今はとりあえず、あなただけで」

山崎夫人がため息をつく。

「悪いわよ……」

「バイト代なら、あたしが出すよ？」

乃美さんは、ここの店主に何か弱みでも握られているんだろうか。

「あ、あの、あたし一人ですか……？」

「そうなの。ごめんね。あたしは今、ぶたぶたさんちの子供を預かってるの。ここにいると心配させちゃうでしょ？　けど、帰ってくるかもしれないから、奥さんはここで待ってないと。渡瀬さんはこう見えてもう九十近いお人だから、お疲れなのよ」

立て板に水のように説得されてしまう。それにしても、渡瀬さんがそんな歳とはとても見えない。しかも、

「うちは土手の近くだから、そこまでは送っていってあげるよ」

そんなことまで言ってくれる。だが、

「え？　土手に行くんですか？」

「そりゃそうだよ。現場をちゃんと自分の目で確認しないとだろ?」

往年の鬼刑事気取りはやめてほしい、と思いつつ、菜子にも頼まれたのでいやとも言えず……あたしはおとなしく渡瀬さんについて、キッチンやまざきを出た。

自宅からちょっと遠いので、あたしはあまりこの隣の県境にある川の土手沿いに来たことがない。

「ここの階段を上がると、もう土手だから。見晴らしがいいよ」

住宅街の中をうねうね歩いたので、階段の上が川の土手と言われてもあまり実感がなかった。

「そこに階段とは別にスロープがあるでしょ? 自転車はそこを降りて、道なりに走っていっちゃったんだよね。土手の上からだと、住宅街の中に曲がったのかまっすぐ行ったのか、もう見えなくて。

他に誰か見てた人がいるかもしれないから、土手とか河川敷で訊いてみてもいいと思うよ。近くでバーベキューの準備してた人もいたからね」

渡瀬さんと電話番号とメールアドレスを交換する。ひっぱってきた自転車は彼の家の庭に置かせてもらった。

「何かあったらいつでも来てね」

渡瀬さんと別れてから言われたとおりに階段を登ってみると、いきなり視界が開けた。広い広い川と、土手沿いのこれまた広く長く果てしない歩道。遠くが霞むほど延びているではないか。

しかも、川には船が走っていた。かなり大きい船だ。隅田川とかで見かける水上バスくらいありそうだった。

波を蹴立てる船をぼんやりと見送ってから、ようやくあたりを見渡した。川向こうには大きなマンションが建ち並んでいる。左右に大きな橋が見えるが、車用と電車用に分かれているらしい。

見晴らしがいいと、距離がよく測れない。よく見えるからすぐだろう、と歩き始めたら、いつまでたっても着かない大きいビルやタワー、というのは全然珍しくないので、多分あの橋の下へ行こうと思うとかなり歩かないといけないんだろうな。

とはいえ、散歩しに来たのではなく、山崎さんを探さないといけないのだが。人探しなんて、したことないのに……なりゆきとはいえ、何でこんなことしてるのかなあ。

菜子はどうしたろう、と思ったとたん、ケータイがぶるぶる震えた。メールだ。しかも菜子から。

『ぶたぶたさん、見つけてくれるんだって？　がんばってね！』

励まされてしまった……。

仕方がない。とにかく探してみよう。まずは現場検証。

土手の歩道には、思ったよりも人がいた。ジョギングをする人、ゆっくり散歩をしている人、そして自転車を走らせている人。

怪しい。自転車の人に片っ端から訊いてみようかな。犯人は現場に戻ってくる、というのがミステリーのセオリー――だったような気がするが、違ってたかな？

とはいえ、自転車の人はみんなシューッとあっという間に走り去ってしまうので、話もへったくれもない。

結局土手をうろうろ歩くだけになってしまったが、そのうち、渡瀬さんが言ったとおり、バーベキューをしている人たちを見つけた。平日なのに、いいなあ。

芝生の河川敷に簡易テントを立てて荷物を並べ、近くにコンロを設置して、普通に肉や野菜を焼いている。がらんとしているので、テントやコンロがぽつんとしていて、何だかシュールな光景だった。

家族連れが何組か集まっているらしい。近寄るといい匂いがして、お腹がぐうと鳴る。そういえば、お昼を食べるためにあの店に行ったんだっけ。どうしよう。空腹に耐えられるだろうか。

「あのう」

コンロは二つあったが、肉のについているのは一人だけだったので、声をかけてみる。もう一つのコンロ担当の人、食材を切っている人、子供と遊んでいる人、と大人はみんな忙しそうだった。

「ちょっとお訊きしたいことがあるんですけど」

「何でしょう？」

二十代後半くらいの男性が、愛想良くにっこり笑う。

「ここで何時くらいからバーベキューの準備してましたか？」

「十時前からいましたよ。もっと混んでると思ったら、道が空いてて早く着いちゃったから」

「じゃあ、あそこの土手で何か不審なこととか見ませんでしたか？」

あたしの指さす方を、彼は見る。

「不審なこと？」

「……人が連れ去られたんですけど」

「ええーっ」

肉焼き係の人の声に、野菜を切っていた女性が手を止めてやってくる。

「あそこで？　あの土手の道路で？」

「そうです」

「え、まさか子供？」

女性の不安そうな声に、あたしはあわてて首を振る。

「いえ、大人の男の人です」

「じゃあ、連れ去られたって車で？　でも、あそこは車両が入れないけど――」

「いえ、自転車らしいんですけど……」

説明するのがめんどくさいなあ、と思っていると、

「えっ、じゃああれは連れ去られてたの？」

野菜係の女性が声をあげる。

「いや、本当にそうかどうかはわからないんですけど」

ちょっと言い訳をする。おおごとにしたくない、と山崎夫人が言っていたことを思い出したから。

「何か見たんですか？」

「見たっていうか……ぶたぶたさんがいるなあ、と思って」

「えっ、ぶたぶたさんいたの？」

肉係の男性も驚きの声をあげる。

「うん、いたから声かけようと思ったんだけど、その前に行っちゃったから」

「ぶたぶたさんがどうしたの？」と言いながら、他の人も子供も寄ってくる。みんな知ってる……。もしかして、山崎さんって人気者？

「あたしが見た時は、自転車に乗ってる人と立ち話してる感じで、そのあと一緒に行っちゃったなあ、と思っただけなんです」

結局、見ていたのはその女性だけで、他の人は気づかなかったらしい。

「親しい雰囲気だったんですか？」

「後ろ姿だったから、よくわからないわ。別に険悪には見えなかったけど」

「自転車の人の様子で、何か気づいたことってありますか？」

「うーん……。あ、そうだ。背中のロゴマークに、見憶えがあったのよね」

「背中？」

「ここら辺かな？」

女性は肩のすぐ下のあたりを手で示す。

「ロゴマークっていうか、エンブレムっていうか……ああ、何だっけ、って思ってるうちに行っちゃったんですよね」

「スポーツメーカーのロゴとか？」

「そうかもしれないけど、どうも思い出せなくて」

思い出した時に教えてもらえるように、彼女ともメアドなどを交換した。皆口《みなぐち》さんという人だ。

「ぶたぶたさんを探してるの？」

「そうなんです」

「偉いねー」

なりゆきなのに、そんなこと言われるととても困る……。

「何かの間違いで、すぐに見つかってほしいよね」

「そうだねえ」

みんな、本当に心配そうな顔でそう言うので、山崎さんはいい人なんだというのはよくわかった。

「お昼食べていきなさいよ。急いでるだろうけど」

物欲しそうに見ていたのに気づかれたのか、バーベキューにお呼ばれしてしまった。確かにゆっくりはできないが。まだ自転車がどちらに行ったのかもわからないのだから。

そう思いながらも、おにぎりとおいしいお肉をいただいてしまう。

「ぶたぶたさんのお店でバイトしてるの？」

「いえ、バイトしてるのはいとこです。あたしはお祭りの時に臨時で頼まれて」

「あー、そうだ。去年の桜祭りの時に初めてぶたぶたさんに会ったんだよねー」

「びっくりしたよねー！」

大人も子供もうんうんとうなずく。何があったんだろうか。

「すごい行列できちゃって」

「あれはできて当然でしょう？　ものすごい宣伝だよ」

「おしゃべりする人が多くて、大変だったよね」

「握手会かよって感じで」

「俺、結局三回並んだよ」

「一緒に写真撮ってもらったんでしょ？　図々しいよね」

「だから、そのために三回買ったんじゃないか」

握手会！　一緒に写真！　まるでアイドルのようだ。中年のおじさんのはずなのに。

「サンドイッチもおいしかったよね」

「今年もハンバーグサンド、あるかな」

「あたしはカツサンドの方が好きだよ」

「お店で食べたけど、メンチカツ！　あれをサンドイッチにしてくれないかなあ」

「ああ、ちょっと変わってるんだよね」

なんかおいしそうだ……。

「今年のメニューはもうわかってるの？」

突然、話を振られてあわててしまう。

「いえ、でも多分、去年と同じようなものだと――」

我ながら何と適当、と思いながらも答えてしまう。けど、肉をたくさん食べてしまったことへのせめてもの罪滅ぼし……。

「楽しみにしてるってぶたぶたさんに言っておいて」

「手助けが必要だったら電話して」

「今度お店に行くからね」

口々に声をかけられ、恐縮しながらその場を辞した。ぶたぶたさん（もうこう呼ぶしかないだろ）、知り合い多いな！　あたしが何も知らないのが悪い気がしてきた。

さて、気を取り直して。

再び土手に登り、スロープを降りて、自転車がどちらへ行ったかを探ろうと思う。最初の角でまっすぐ川沿いを行くか、住宅街に入るか悩む。

ミステリーや刑事ドラマなんかだと、ここはやっぱ聞き込みだろうが、知らない人の家の呼び鈴を押して質問をするなんて高度な技はあたしには使えそうにない。警察手帳ももちろんないし。それっぽい黒い手帳すらない。

何か痕跡でも残ってないかしら、とそこらの道路を見てみる。ほら、ドラマだと車のブレーキ痕とか見つけたりするし——。

その時、住宅街へ曲がってすぐの道端の雑草の中に、何か落ちているのに気づいた。銀色の……携帯電話？

明らかにゴミではない。シンプルなストラップがついているだけだが、紐がやけに長くて何だか中途半端だ。しかも切れてる。

フラップを開けてみる。

「あっ！」

待受画像には、さっき会った奥さんと菜子、そして見たことのない子供が二人写っていた。背景は多分、あの店だ。後ろにはバラが咲いている。

「ぶたぶたさんのケータイ？」

捨てられたのか、落としたのか。ここにあったということは、住宅街の方に向かったのだろうか。

とりあえず、奥さんに電話をしてみる。

「あの、ケータイが落ちてるのを見つけました。銀色で、店前で撮ったらしい待受でしたよ」

一応メーカーも確認してみると、やはりそれがぶたぶたさんのものらしい。

「やっぱり連れていかれたのかしら……」

奥さんの声に不安が混じる。

「連絡はありましたか？」

「いいえ、まだどこからも……」

「もっと探してみますね」

警察に言った方がいいんじゃないか、と思ったが、あたしからは言いにくい。

すると、突然ぶたぶたさんのケータイが鳴りだした。

「わっ、鳴ってますよ！　どうしましょう」

「誰からの電話ですか？」

「越川《こしかわ》さんって書いてあります……」

「じゃあ、一応出てみてください。説明してもいいですから。いったん切りますよ」

「えーっ」

と悩んでいるヒマはない。とにかく通話ボタンを押した。

「もしもし？」

「もしもし、あれ？　これはぶ――山崎さんのケータイですか？」

「そうです。わたしは山崎さんじゃないですけど」

「え、誰?」

「ええと……辻といいます。菜子のいとこです」

「ああ、菜子ちゃんの!」

何て顔が広いんだろう、菜子は。

「で、どうして? ぶたぶたさんはどうしたの?」

「なんか連れ去られたって言われてて——」

「えー、それってよくあるって聞いたけど」

それがまったくもってよくわからないのだが。

「でも、道端の草むらにこのケータイが落ちてたんですよ」

「え、よく首にぶらさげてる奴だよね?」

そうなのかな。それにしてはストラップが短すぎるけど。

「ストラップは切れてます」

「えっ、それはちょっと——切れたらわかんないはずないだろうし……。何かあったのかな」

越川さんはちょっとあわてたような声になった。イメージでは、気のいいおじさんという感じ。丸顔っぽい。

「どこに落ちてたの？」

「土手のところです」

どう説明したらいいのか、わからない～。土地勘がないから～。

「え、川側？　街側？　あ、東京の方だよね？」

「そうです。その、街側……だと思います」

「あのねー、うちらは今河川敷にいるの。土曜日の祭りの下見と桜の具合を見に来てて。ほんとに何かあったとしたら女の子一人じゃ危ないし、今から行くから。ちょっと待ってなさい。電話切らないでね」

五分くらい電話で誘導して、越川さんが連れを一人従えてやってきた。二十代半ばくらいの男性だ。

越川さんはやはり丸顔の恰幅《かっぷく》のいい人だった。商店街の会長さんで、菓子店をやっているそうだ。男性は酒屋さんで、白波《しらなみ》と名乗った。

「ぶたぶたさんとこ、なんか変な電話かかってたんですよね」

白波さんが言う。

「あっ、それさっきあたしも聞きました」

「そうなの？　それは知らなかった」

越川さんは、とても不安そうな顔になる。

「俺が配達に行った時にもかかってきてたんですよ。無言電話らしいんですけど」

「そりゃあ、迷惑だなあ」

「でも、店開いてる時にはかかってこないんですって。俺が見たのも昼休みの時でしたからね。だからぶたぶたさん、

『妙に気をつかったいたずら電話だよね』

って笑ってたんですけど」

「ぶたぶたさんらしいけど、いたずらはいたずらだしなあ」

二人とも憤慨している。ぶたぶたさん、慕われてるんだなあ、と思った。

奥さんにもう一度電話したが、やはりまだ何も連絡はないようだ。ケータイもないわけだし、連絡できるような状態ではないのだろうか。家や奥さんの電話番号は憶えている

と言うが……。

「とにかく、その自転車はあっちに向かって曲がったって可能性が高そうだね」

越川さんが言う。

「そうみたいですけど……」

住宅街の中に入ってしまっては、余計にわからないのではないだろうか。

「若葉ちゃん、自転車のことは、何かわからない？」

背中のマークに見憶えがあると言っていた皆口さんからは、まだ思い出していないのか、連絡はない。

「ロードレースタイプの自転車に乗ってる人は、ここらにはけっこういるからね」

「車種まで普通わかりませんよね。ママチャリとかなら、普通の服装だしヘルメットもかぶってないから、人相とかわかりやすいけど、ジャージ姿だとみんな同じに見える」

おお、ベテラン刑事と若い部下みたい。何だかかっこいい。

「ぶたぶたさんも隠されちゃうと見えなくなるし」

「ぶたぶたさんが見えてれば、絶対わかっちゃうから、それは見えなくするだろう？」

「え……見えてれば？」

隠されちゃうってどういうこと？

「スピード出てるとわからないかもしれませんよ」

「そりゃそうなんだけどね。ここらもけっこうぶたぶたさんの知り合い多いだろう？　知り合いじゃなくても、目を引くからさ、印象には残りやすい」

「ジャージじゃ隠しづらいですよね」

「でも、できないわけじゃないよ」

さっぱり会話の方向性がわからないんだけどーっ。

「犯人とぶたぶたさんは話してたって言ってたんだよね？」

白波さんに訊かれて、ぐるぐる考え込んでいたあたしはびくっとなる。

「はい、そうです。立ち話をしてたって渡瀬さんが――」

「かわいくって連れていったって感じじゃないよな、きっと」

丸顔の越川さんが、何だか渋い表情でそんなことを言う。

……あ、冗談？　冗談だよね？　ぶたぶたって名前はかわいいけど、中年のおじさんなんだよね？　何度も心の中で確認してるけど。

「若い男らしいし」

「でも、中の趣味まではわかりませんよ。最近、いろいろな人がいるし」

「まあ、そうなんだけどな」

趣味……。何だろう。そういう特殊な趣味の人を歓喜させるタイプのおじさんなんだろうか。

あたしには、山崎ぶたぶたという男性がどんな人だか、未《いま》だに想像つかなかった。かなり複雑な人のようだ。菜子は何て言っていたかな……優しい人、とは言ってたように思うが、それ以外はさっぱり思い出せない。やっぱり聞き流していたんだろうか!?

今更ながら自分のうっかりさ加減に自己嫌悪……。

「とりあえず、こっちに行ってみよう。店とかあったら、そこで話を聞いてみることにして」

三人で連れ立って歩く。しかし、角に必ず店があるわけではないので、とりあえず開いている店先の人に話を訊く。

「自転車はけっこう通りますよ。この近所の人もやってたりするし」

たばこ屋のおばあさんの証言である。

「ぶたぶたさんは知ってますか?」

「何、それ？」

「じゃあ、ぶたのぬいぐるみは？」

白波さんがいきなり不可解なことを訊く。

「ぬいぐるみ？」

「こういう人なんですけど？」

彼はおばあさんにケータイの画面を見せた。写真を見せてる？

そうだよ。写真でももらってくればよかった。何も知らないのに飛び出してくるなんて、我ながら何て考えなしなんだろう。

「ああ、これは知ってる！」

おばあさんが妙にうれしそうな顔をする。

「よく前を通りますよ」

「今日は見かけてないですか？」

「ないねえ。どうしたの？」

「この人――ぶたぶたさんを探しているんです」

「ああ、ぶたぶたさんって言うの？　ぴったりだねえ！　最初はびっくりしたけど」

ぴったりな名前なのか……。もしかして、ぶたのぬいぐるみをいつも持ってるのかな。

そういうものが大好きだから、そういう……通称？

「ここら辺でぶたぶたさんと親しい人とか知りませんか？」

「ああ、あそこの親父さんとよく話してましたよ。一応、園芸店なんですけど」

指さした方を見ても、そんなお店構えはないが……。

「行ってみると、店だってわかるから」

おばあさんに言われるまま行ってみると、なるほど、民家の前で、苗や種や鉢植えが格安で売られていた。店というよりガレージセールのようだったが。

おじさんが苗の植え替えなどをしていたので、越川さんが声をかけてみる。

「こんにちは。突然すみません、今日ぶたぶたさんを見かけましたか？」

「え、ぶたぶたさんのお知り合い？」

「はい。朝から見つけてるんですけど、見つからなくて……」

おじさんは手の土をパタパタ払って、立ち上がる。

「今日はまだ来てないですよ。散歩の帰りにはたいてい寄るし、用事もあったから今日は来ると思ってたんだけど。見つからないってどうしたんですか？」

心配そうな顔になる。わけを話すと、

「えー、自転車はよく集団で走っていくところを見るけど、今日は気がつかなかったよ。ずっと裏庭の方にいたから。今日虫除け剤を渡す約束してたんですよ、ぶたぶたさんに。遅いなあ、と思ってたんだけど」

「虫除け?」

「バラのね。ハーブやエッセンシャルオイルを使った奴で、食べ物屋ですから、薬品じゃない方がいいでしょ? うちの特製なの」

得意そうにおじさんは言う。

「ああ、バラにおくわしいんですか?」

越川さんも何だかうれしそうだった。

「くわしいってほどじゃないんですが、あのバラに関しては何とかアドバイスが利いたみたいで」

ああ、あの葉っぱだらけだったのは、バラだったのか! あれが全部バラ? 咲いたらどんなふうになるんだろう。あ、そういえば、さっきの写真にちょっと写ってたなあ。

「よく復活させましたよね、あれ」

「ぶたぶたさんとご家族が熱心に世話したのと、元々丈夫な種だったからでしょうね」

「よくよじのぼって枯れた花取ってるのを見かけますよ。ぶたぶたさんじゃなきゃできない技ですけど、めんどくさいからって上から飛び降りるのはやめてほしいんですよね。さすがに見てて怖いから」

よじのぼってる……バラの木に？　それとも、壁に？　しかも、飛び降りる？　トゲは平気なんだろうか？

——どっちにしろ、忍者のような人だが。

「ぶたぶたさんって、すごく身軽な人なんですね」

白波さんに言ってみる。すると、彼はちょっと考え込んでから、

「そうだね。そうとも言えるね」

と言った。

「壁も簡単に登れるんですか？」

「壁だけだと……難しいかもしれないな」

としたら、木登りというか、足場があれば平気なんだろうか。上からってどのくらいの高さなんだろう。あんまり高いといくら何でも足が折れるよね……。

そんなことをぼんやり考えていたら、視線を感じた。白波さんがあたしの顔をじーっと見つめていた。

「何ですか?」

「いや、何でも」

その時、電話がぶるぶる震えた。待望の皆口さん!

「もしもし?」

「あっ、辻さん? 思い出したから電話したの。自転車に乗ってた人の背中のマーク」

やった。

「あのね、よく車で大橋《おおはし》を通る時に見える建物に描かれてたものだったの。会社とか学校のマークよ、多分。よく思い出してみたら、桜の花がモチーフになってるみたいに見えたの」

「桜の花?」

「そう考えると、ちょっと学校っぽいと思うんだけど、学生かどうかはよくわからないのよね。ああいう格好だったし。口で言ってもわからないと思うから、メールを送るから。じゃあね!」

皆口さんとの電話が終わると、すぐにメールが送られてきた。

紙に書いたそのマークをカメラで撮った写真が添付されていた。あたしには見憶えはないが、他の人は知っているかも。

「あの……さっき土手で話を聞いた人からのメールなんですけど、自転車に乗ってた人の背中に、桜の花をモチーフにしたマークが描いてあったんですって。で、大橋って？」

本当に土地勘がなくて、だんだん恥ずかしくなってきた。

「大橋っていうのは、県境の橋のことだよ。車が通る方だね」

白波さんが言う。

「そこを車で走ってると見えるんですって。そのマークのついた建物が。で、これがそのマークです」

メールについていた写真をみんなに見せる。このイラストがうまいかどうかはよくわからないが、

「あっ！」

園芸店のおじさんが声を上げる。

「高校だ。この先の——ってけっこう離れてるけど、そこが桜野《さくらの》学園高校っていうんだよ。大橋から校舎も見えるはず。そこは、自転車部があるんで有名なとこなんだよ。ここの前を通る自転車は、川べりで練習する部活の子たちなの」

自転車部とはつまり、自転車のロードレースをやっている部活だそうだ。

運動部の高校生なら体格もいいはずだし、中年男性の一人や二人、自転車に乗せて連れ去ってもおかしくない——いや、やっぱりおかしい。

いったいどんなトリックを使って、かどわかしたというのだ？

越川さんは店に帰り、あたしは白波さんの車に乗せてもらって、その高校へやってきた。

遠い……。ここはどこ？　もう隣の区じゃないの？

桜野学園高校は春休みのはずだったが、部活がさかんらしく、何だか校門前にも校舎にも人影が見えた。

しかし、今時の学校らしく、ちゃんと受付をしないと中に入れてもらえない。

あたしは実は何も身分を証明するものを持っていなかった。運転免許証も学生証も保険証もないし、財布の中は本当にお金だけ。「菜子のいとこ」というのだけで今までは何とかなったけれども、ここに一人で来ても入ることはできなかっただろう。

何度も思うが、なりゆきとはいえ、なぜあたしはここにいるの⁉

ちゃんとした大人である白波さんの運転免許証を見せて、自転車部の顧問の先生を呼んでもらった。三十代くらいのがっしりした体格の人。

「伊藤《いとう》です」

彼は、小柄な女生徒を一人ともなってやってきた。マネージャーの駒月《こまづき》さんだという。

おお、憧れたなあ、高校の頃。運動部のマネージャー。友だちがやっていたが、あまりの激務にとてもついていけない、と思ったものだ。

「もう練習は終わって、他の子は帰ってしまったんです。この子は別の先生の用事で残ってたんで」

「すみません……」

いろいろな意味で申し訳ないと思って、頭を下げる。

「で、人探しということですが？」

「そうです。山崎ぶたぶたさんという人なんですが」

白波さんの言葉に、駒月さんは息を呑む。

「ぶたぶたさん、どうかしたんですか!?」

この子も知っているのか。だが、伊藤先生は「誰?」という顔で首を傾《かし》げている。

「知ってるの?」

「はい……。家族でお店にも行ったことあります」

「お店?」

「ぶたぶたさんは、洋食屋さんをやってるんです」

先生の問いかけに、駒月さんが答える。

「今朝、見かけたりしなかったよね?」

「いえ、しばらく会ってませんけど……」

「いや実は——」

白波さんがあらましを駒月さんに説明すると、ショックを受けたような顔になる。

「えっ、そんな……!」

「ジャージの背中に学校のマークついてます?」

「背中というか、肩の方ですけど……はい、後ろ側にはついてます。ジャージの色もうちの学校のと同じです。でも……そんなこと! きっと何かわけがあるんです。そんなことを――」

あれ？　この子はもしかして、誰がやったか見当がついているのかしら？

「ちょっ、ちょっと待ってください。僕には話が全然見えないんですが」

突然、先生が割って入ってきた。

「えーっと、白波さん、あなたのお話では、今朝山崎さんとおっしゃる中年男性が、行方不明になったと」

「はい」

「川の土手を散歩していた時に、知り合いらしい自転車に乗った何者かに連れ去られたんじゃないか、ってことですよね？」

「はい」

「で、その自転車に乗ってたのは、うちの自転車部のジャージを着ていた何者かだと」

「そうらしいです」

「つまり、うちの生徒である可能性もあるってことですか？」

「そうです」

白波さんと先生が簡潔に事件をまとめてくれて、ありがたい。

「いや、でもそれは……無理がありませんか？」

正義感の強そうな先生なので、生徒が犯人扱いされて怒るかと思ったら、困惑した顔でそう言った。

「うちの部の生徒たちは確かに、体育会系で力もありますけど……いくらなんでも、普通の中年男性を自転車で誘拐することはできませんよ」

——今、すごくまっとうなことを言われた気がした！　あたしが言いたくても言えなかったこと（正確には言い損ねていたこと）を彼が言っている！

ところが、

「ぶたぶたさんだったらできます」

駒月さんがきっぱりと言った。

え、それってどういう意味？　ぶたぶたさんなら「誘拐される」？　それとも「誘拐できる」？

……できるような人なのか。小柄で身軽な人と思っていたのに、小山のようにでかい人が頭に浮かんできたぞ。

「……駒月。何でそんなに自信持って言えるんだ？」

伊藤先生が呆れたように言う。

「だって、先生、ぶたぶたさんのこと知らないですよね？」

今度は何だか得意げに言う。

「うん、知らないけど……」

「じゃあ、あたしの方が正しいです。ぶたぶたさんはできます」

とても強い調子で言われて、先生はなぜか口ごもる。

「いや、お前が言うならそうかもしれないけど……」

先生、体格はいいけど、ちょっと気が弱い人？

駒月さんのにこっと笑った表情は、菜子を思い出させた。先生すら刃向かえないすきのない理論と説得力。今回理論があったかは置いとくとして、彼女の説得力は菜子といい勝負だ。

「ね、そうですよねっ」

くるっとこっちに振り向いて、そんなことを言う。先生と同じように口ごもるあたしと対照的にうなずく白波さん。

そういえば、あたしもぶたぶたさんのこと、全然知らないや……。いろいろ又聞きはしているが。

「ま、まあ、細かい話は置いておくとして――」

あたしの場合、置いておいてはいけない気がするが、先生は話を進める。

「うちの生徒のしわざだとしても、わたしは心当たりないんですが……」

伊藤先生の隣で、駒月さんが少し身を硬くした。

「あのう、マネージャーさんが知ってるってことは、部員の中にもぶたぶたさんのことを知っている人がいるんじゃないですか？」

あたしの質問に、駒月さんは顔を上げる。わかりやすい。賢いけど、正直な子らしい。

「でも……もう生徒は学校にいないですし……」

めんどうくさいというより、不可解な点があるのでどう対処したらいいのかわからない、という様子だった。やっぱりこの先生は、気が弱い？

「万が一ってことがありますからね」

白波さんが低い――というか、ちょっとドスの効いた声で、静かに言う。年上の先生があからさまにビビるくらい。

「誰がどうかっていうんじゃなくて、とにかく情報を求めているんです。せめて生徒さんの中にぶたぶたさんのことを知っている人がいるかどうかだけでも教えていただけませんか？　取り返しがつかなくなる前に、協力していただきたいんです」

この人も何だか、違う意味で説得力がある。何ていうか——脅迫？

しかしこの場合、脅しているのは面と向かっている先生ではない。彼には気の毒なことだが。


「とりあえず生徒に連絡してみる」という言質を先生から取り、校舎を出ると、

「待ってください！」

駒月さんが駆け寄ってきた。

「どうしたの？」

素知らぬ様子であたしが言うと、彼女はもじもじと逡巡した末、

「ぶたぶたさんのことで、お話があるんですけど」

と言った。

話を聞かれないように、あたしたちは校門脇の植え込みの陰で話し始めた。

「あの……あたしにぶたぶたさんのことを教えてくれたのは、自転車部の同級生の子なん

です」

「その子が、何か関係してると思ったの？」

「それはわからないんですけど——その子とぶたぶたさん、実はすごく仲がいいんです。あたしが初めてぶたぶたさんに会ったのは、朝の自主練の時だったんですけど、その時も彼がぶたぶたさんを頭に乗せていたくらいで——」

「頭⁉」

乗せていた⁉　サーカス？　雑伎団《ざつぎ》？　それとも、ウエイトトレーニングだろうか。鉄下駄履く、みたいな。

「ぶたぶたさんのお店がお休みの時は、それに合わせて練習をしてたりして。友だち何人かでお店に行ったり。レースも内緒で見に来てくれたりもしたんです。他の人に見つかって気を散らせると悪いからって、隠れてたらしいんですけど」

やっぱりアイドルみたいだなあ。

「だから、絶対に誘拐とか、そんなことする必要なんてないんです」

彼女は気づいていないようだが、考えることをそのまま言ってしまっていた。

「他に、ぶたぶたさんを知ってる子はいるの？」

「何人かは。その子と仲いい子はみんな」

「でも、それならさっきそう言えばよかったんじゃないの？」

白波さんの言葉に、彼女はひるんだ。

「あの……その子がどう関係してるかはわからないんですけど……本当は今日、部活に来るはずだったんですけど、来なくて。電話やメールしても、電源切ってるのかつながらないし。他にぶたぶたさんを知ってる子は、みんな部活に来て、いつもと変わらなかったから、連絡とれないその子のことが気になって……」

「その子の名前は？」

しばらく迷った末に、彼女は言った。

「佐原《さはら》です」

「佐原……ああ、もしかして」

白波さんが驚いたように言う。

「ビストロ・サハラさん？」

「……そうです」

今度は彼女の方が驚いていた。

あたしには、何が何だかさっぱり。

駒月さんと別れて、そのビストロ・サハラというお店へ行く車の中で、白波さんが話してくれた。

「ぶたぶたさんがお店を出したのは、おととしの秋くらいなんだけど、その年の暮れに佐原さんのご主人が交通事故にあって、しばらく店を閉めたんだ」

あたしは、ビストロ・サハラという店のことも知らなかった。イタリアンを中心とした洋食店なのだそうだ。——今日はいったいどれだけ情報を頭に詰めこまなくてはならないんだろう。

「治るまで長引いてしまって、なかなか店を開けられなくてね。で、毎年桜祭りの時には、佐原さんとこのカツサンドを出してもらってたんだよね。でも去年は、まだ店を再開したばかりで体調が完全に戻ってなくて、無理できないからって断られちゃったんだよ。それで、そのかわりにぶたぶたさんとこに出店してもらったの」

「バーベキューの人たちが、去年カツサンドとハンバーグサンドを食べたって言ってましたよ」

「そう。大好評でね。特にハンバーグサンドとぶたぶたさん自身が。それで、今年もぶたぶたさんとこに頼むってことになったんだけど、それでちょっと佐原さんとこと揉めたというか――。俺も、ちゃんと聞いたわけじゃないから、断言はできないんだけど、佐原さんは戻りたいような感じだったとか、そうはっきり言えない事情もあるらしいとか。

祭りの実行委員会にしても、場所の調整がうまくいかなくて、なかなか連絡できなかったりして、ちょっと誤解ができちゃったみたいなんだよね。

佐原さんとぶたぶたさんが直接揉めたわけでもないし、会ったことはあるみたいだけど、そんなに親しいとは聞いたことはない。佐原さんの息子さんとぶたぶたさんが仲良くなったのは偶然なんだろうけど、連れ去ったとしても、駒月さんが言ったように行き違いがあったんじゃないかって俺も思う。

まあ、これも推測でしかないんだけどね」

「じゃあ、佐原さんの息子は、祭りの時に出店できないように、ぶたぶたさんを誘拐したんですかね？」

「そこまでやるかなあって思うけど、一応犯罪だし――そう見えなくても」

「見えない？」

「そうでしょ?」

大人の場合は、どうなるのかな……。本人が自分の意志でついていったってことなら、何ともなさそうだけど。犯人は高校生だし……。

でも、駒月さんは「ぶたぶたさんならできる」って言ってたけど——何だか言い回しがよくわからない。彼女にしても、今の白波さんにしても。

「少なくとも窃盗とか」

「……え?」

「万引きというか、置き引きには見えるかも」

「え?」

「それとも、単に拾得物横領?」

この人は何を言っているんだろうか。人を物のように。

あっけにとられている間に、ビストロ・サハラに着いてしまう。ランチタイムの真っ最中。けっこう混んでいる。

「裏からのぞいてみようか?」

白波さんについていくと、裏の勝手口の横の壁に、一人の男性がよりかかっていた。ジーンズと長袖のTシャツ姿。腰にシンプルで大きな白いエプロンをつけている。短髪で、背が高い。うつむいて、沈んだ様子だった。

これは――やっぱり息子さん？　白波さんと顔を見合わせる。

じろじろ見ているあたしたちに気づいたのか、彼は顔を上げた。

「あ、店の入り口はあちらです」

にっこりと笑ってそう言った。客商売に慣れている感じだった。

「佐原奏《かなで》くん？」

ストレートに訊いてみる。名前を出すだけでも後ろめたいことをしている人だから怯《おび》えるのではっ。

「……誰？」

ところが、怯えるどころか、かえってぞんざいな態度になった。

「学校の子？」

うわっ、高校生に間違えられた！　っていうか、つい数日前までほんとにそうだったことを忘れていた。あたしでは、とても刑事には見えないか。

「奏くん、ぶたぶたさんはどこかな？」

白波さんの質問の方が、迫力も破壊力もあった。みるみるうちに色を失う。

「あのっ……！」

「ぶたぶたさんをジャージに隠して誘拐したのかな？」

突然、何を言い出すのか。

「見られたらヤバイよね？」

「そんなことしません……」

「じゃあ、どうしたの？」

「あの……ぎゅーっと握って」

観念したようにそう言うが、あたしには奏くんの言うこともわからなかった。

「ああ、なるほど。君は手が大きそうだね。片手で？」

「……両手でまとめてから、片手で」

どういうこと？　自転車は手放し運転？

「あー、何てひどいことを！」

「――って、いったい誰なんですか、あんたたちは!?」

一緒くたにされると、ちょっと複雑だ。

さらに何か言おうと彼が口を開きかけた時、

「テーブルお願い！」

中年男性の声が厨房から聞こえた。お父さん？

「は、はい！」

少し開いていた勝手口のドアに向かって奏くんは怒鳴る。

「すいません、店の方に来てください。今すごく忙しいから——空いたら、ちゃんと話します」

そう言って彼は、厨房に戻っていった。

「じゃあ、お昼でも食べようか？」

白波さんが苦笑混じりに言う。

あたし、さっきバーベキュー呼ばれちゃったばかりなんだけど——。

そう思ったのもつかの間、店に入って注文をすますと、ちゃんと胃には隙間ができ、きれいに食べてしまえる自分のお腹が憎い。でも、さっきはおにぎり一つと肉ばかりだったしな……。

ランチメニューのナスとベーコンのトマトソースは、とてもおいしかった。白波さんはチーズカツレツのセット。店構えもおしゃれで、洋食屋というより、イタリアンレストランのような雰囲気だった。

お客が一人二人と帰っていく中、あたしたちはコーヒーを飲みながら待っていた。ただ待っているのが心苦しくて、デザートを食べろと白波さんに言われたので、食べた。おいしかった。い、言われたから食べただけなんだからっ。

奏くんは、奥の厨房から料理を運び、テーブルを片づけ、注文を聞いて伝えて――という作業を一人でテキパキとこなしていた。とても慣れている。あたしはますますバイトへの自信を失う気がした。

二時になり、奏くんはドアを閉めて、休憩中の札をだした。

「すみません……」

そして、あたしたちのテーブルの脇に立って、頭を下げた。いや、あたしに頭を下げられても困るんだけど。

「どうした？」

奥から、男性が出てくる。これは――ぶたぶたさんではなく、多分、奏くんのお父さん。

顔がよく似ている。

でも、さっきの声とは違わない？

「ぶたぶたさんはどこにいるの？」

白波さんの質問に奏くんが答えようとした時、

「僕ならここにいるよ」

と、さっき聞いた声が。渋い中年男性の声。

しかし、次の瞬間、視界の端にとらえたのはちょこまかと短い足を動かしながらこっちにやってくるぶたのぬいぐるみだった。

なぜ視界の端になったかというと、当然佐原父子と同じくらいの身長だと思っていたので、そこに視点を止めていたからだ。小さい。小さすぎるピンク色のぬいぐるみ。バレーボールくらいしかない。目は黒いビーズでできていた。

その瞬間、今まで謎だったことが、全部わかった。これなら高校生が自転車で誘拐できるわけだ。そっくり返った右耳や結ばったしっぽをつかんでひったくることも、服に入れて隠すことも片手で握りつぶすこともできる。壁のツルバラをよじのぼることも、高いところから飛び降りることもできる——ぶたぶたさんならできるはず。

ああ、気絶したい。意識を失って、とりあえず三日後くらいに目覚めたい。

しかし、本気で貧血って何？　っていうくらい丈夫な人間なので、血の気は一向に引くことなく――クラクラしたような気分のみを味わっただけ。

でも、まだよかった。あたしがぶたぶたさんのことを知らないって誰にも知られてないから！　不用意なことは何も言っていないから、誰にも気づかれていないはず！

と思って白波さんの方を見たら、何だかわくわくしたような顔をしていた。

この人、もしかして知ってた？

そう思ったとたん、血の気が顔に昇ってきた。

さらにそれに追い打ちをかけるように、

「あっ、もしかして若葉ちゃん？」

ぶたぶた本人からの言葉。

「初めまして。菜子ちゃんから聞いてるよ。お祭り手伝ってくれるんだって？　よろしくね」

「何であたしの顔知ってるんですか!?」

頭が真っ白なはずなのに、あたしの口からは勝手に言葉が飛び出す。

「え？　だって、菜子ちゃんが写真見せてくれたから」

「どうしてあたしには――！」

そこまで言って、ぐっと言葉を飲む。

どうして菜子はあたしにぶたぶたさんの写真を前もって見せてくれなかったんだー！

「――俺もきっと教えないけどね」

後ろでこそっとつぶやいている声が聞こえた。

――とりあえず、あたしの赤面に気づいているのは白波さんだけで、佐原父子にはわかっていないのが、まだ救いだった。

ひどい。菜子もひどいがこの人も！

にらみつけても知らん顔しやがって。

「あれ、白波さん……。何かあったんですか……？」

佐原さんが怪訝《けげん》そうな顔で問いかける。

「いや、大したことじゃないんです」

「もしかして、こいつですか？」

奏くんを指さす。彼はむっとした顔のまま、何も言わない。

「やっぱり――」

佐原さんはため息をついた。

「おかしいと思ったんですよ。ぶたぶたさんが手伝うって言ってきたなんて」

「あの！」

もうなんか、気になるところは全部訊いておかねば、という気分のあたしだ。

「手伝うって、さっき奥から出てきましたけど――」

「そうです。厨房を手伝ってもらってたんですよ」

「料理は佐原さんがしてました。僕は野菜切ったりパスタゆでたりしてただけです」

ぶたぶたが何でもないことのように言う。

「野菜切る⁉　どうやって⁉」

「いや、普通に」

あたしはみんなを見渡した。誰も何も疑問に思っていない顔って何なのー⁉

「うちの厨房みたいになってないんで、大したことはできなかったですよ」

「うちの厨房……」

はっ！　キッチンやまざきって……。

「ぶたぶたさんのお店⁉」

白波さんが後ろからあたしの背中をポンポンと叩いた。落ち着け、と言うように。

「はわわわ……」

変な声が出る。ちょっとパニックになっているようだ。

「で、こいつは何をしたんですか？」

佐原さんも奏くんもそんなあたしには気づかず、話を進める。

「今朝、土手でぶたぶたさんと話してたよね？」

ショックで声も出ないあたしのかわりに、白波さんが言う。

「はい」

「その時、どんな話してたの？」

「親父のことです」

エプロンをはずしながら、奏くんは答える。

「それから、店のこと」

佐原さんが焦ったような顔になる。

「奏！」

「事故以来、気難しくなって、助手の人が続かないって」

「何言って——」

佐原さんが、たまりかねたように声をあげる。

「俺が手伝うって言っても、まだ高校生だから、勉強と部活をちゃんとやれって言うくせに。母親も疲れ切ってるのに、何だか意地ばかり張ってて、見てるこっちがすごくイライラして、ぶたぶたさんにグチこぼしてる間にもうなんか、超ムシャクシャしてきて——」

話していて、だんだんその時のイラつきを思い出したのか、わなわな震えてくる。

「気がついたら、ぶたぶたさんひっつかんで、店まで走ってた」

「な、お前——！　ぶたぶたさんが『どうしても手伝う』って言ったからって！」

「そうでも言わないと、手伝わせないだろう！」

「むりやりやってもらおうなんて思わないぞ！」

「別に無理でもないですけど——」

ぶたぶたさんがおそるおそるという感じで口をはさむ。

「あんたもあんただ。こんな子供の頼みごとなんか断れ！」

「いや、人手が足りないっていうなら、別に今日は休みだから――」

「あんたのそういうとこが気に食わないんだよ！」

その剣幕は、すさまじかった。うおっ、人気者のぶたぶたさんに向かって、何てことを！

「そんな点目で『どうしても手伝いたいんです』とか言われたら、断れないだろ……」

佐原さんはテーブルに両手をついて、がっくりと肩を落とす。

……あれ？

ぶたぶたさんは、突き出た柔らかい鼻をぷにぷにと押しながら、困っているとしか思えないような顔をしていた。

「気難しくなってたんですか……？」

少し戻ってきつつあったあたしは、試しにたずねてみた。すると、奏くんと白波さんが目を丸くした。なぜ？

「……あんた誰？」

うわっ、今気がついたけど、佐原さんってけっこう強面《こわもて》だ！

「あの……菜子のいとこです」

ほぼ万能だった肩書きに、今回も頼ってみる。

「ああ、菜子さんの」

奏くんは知っているようだ。佐原さんが知っているのか知らないのか、顔つきが怖いまま変わらないからわからない。

「――気難しいというかね、いろいろ鬱々《うつうつ》とはしてましたよ。いろんなことが予定どおりにいかないし、そうなると不安だしね」

やがて佐原さんが話し出した。ヤケクソという感じだった。

「お祭りも、結局断っちゃったし」

「えっ、断ったんですか？」

「そう。最初はやろうかと思ってたんだけど、なんか返事をぐずぐずしてたりして、迷惑かけたりしてね。ちょっと体力的にきつくなってきたところだったから、去年やめたのはちょうどよかったとも言えるんだけど……」

これが白波さんが言っていた「誤解」の真相なんだろうか？

「でも、無言電話は？」

あたしの言葉に、今度は奏くんの肩ががっくり落ちる。

「……俺です」

「何でそんないたずらしてんだ！」

おおう、もうマジで声と顔が怖いよ、佐原さん。

「いたずらじゃなくて、ほんとに話を聞いてもらいたくて……ぶたぶたさんとこ、店の番号しか知らなかったから」

「あ、そうだっけ？」

ぶたぶたさんが自分のお腹を叩いて、

「あ、ケータイ落としたんだっけ」

「ありますよ、ここに！」

あたしが彼のケータイを振り回す。

「あ、拾ってくれたの？　ありがとう。じゃあ、番号かメアドを教えておけばよかったねぇ」

「いいんです。教えてもらってても、結局送信できなかったかも……。ぶたぶたさん以外の人が出るとあわあわして切っちゃうし、本人が出ても緊張して切っちゃうし」

「お前、そんな緊張しいだったのか⁉」

「そうだよ！　レースも近くて、もういっぱいいっぱいだったんだから！」

そのあと、よく顔の似た父子はしばらく二人でぎゃんぎゃん言い合いを続けた。

なんか――たまってたんだろうな、と思う。奏くんの顔もだんだん怖くなってきて、もうどうしたらいいのか……何もできないのにおろおろしてしまう。

けど、ぶたぶたさんの顔を見ると、その点目に和《なご》んでしまう。佐原さんは、なるべく彼の方に目を向けないようにしているのでは、と勘ぐってしまった。

やがて言うこともなくなったのか、疲れ切ったように二人とも椅子に座り込む。

「あのう、佐原さん？」

ぶたぶたさんがおもむろに声をかける。

「助手の人なんですけど、僕の知り合いの若い男の子が、修業できるところを探してるんですけど、雇ってもらえませんかね？」

佐原さんは顔を上げると、苦虫を嚙みつぶしたような顔をした。

「だから、その顔が気に食わないんだって……」

声はおじさんなのだが、点目のパワーは破壊的だった。

「なんかいろいろ騒ぎになってたみたいだね。ごめんね」

ちょっとしゅんとした様子で、ぶたぶたさんは車の後部座席のあたしの隣に収まった。

ちゃんとシートベルトをしているのがかわいい。

「時間ができたら、電話借りようと思ってたんだけど、忘れちゃって」

「あ、ケータイ……」

バッグから取りだしたが、ストラップが切れているので、首にかけられない。こんな短かったわけがようやくわかった。

「あっ！」

思い出したら、つい声が出た。

「ぶたぶたさん、待受画面見てもいいですか？」

「え、いいけど」

フリップを開けて画面をよく見ると、ぶたぶたさん、ちゃんと写っているではないか！

しかも、菜子が持ってるというか、支えているというか——ど真ん中で。

「えっ、じゃあ、この子たちは!?」

女の子二人。中学生と小学生だろうか。

「ああ、それは娘たちです」

「娘？　誰の？」

「僕の」

頭の中で「ぷしゅー」という音が聞こえるようだった。あ、オーバーフロー……。

バックミラーに白波さんの笑顔が映る。まったくこの人といい、菜子といい……！

バイトの日に、どんな顔をするか楽しみにしていたわけだな。そんな奴は、風邪が悪化してしまえ！


しかし、菜子は根性で風邪を治した。

どこからどう伝わったのか（多分乃美さん経由）、治してどうにかしてあたしと顔を合わさないわけにはいかない、と決心したらしい。

桜祭り当日は、雲一つない晴天。菜子は、用心のためにマスクをしていたが、咳も熱も鼻水もない、さっぱりした顔をしていた。

「ひどいよ、ずっと黙ってたなんて！」

「だって、ずっと店に来る来るって言ってて、全然来ないからさあ。来るまで絶対言わないって思ってたんだよねえ」

人の話はちゃんと聞かないといけない、というのが心底わかりました。

しかし、ケンカなどをしているヒマはなかった。十時から始まる桜祭りのために、朝六時から働きどおしだったのだ。

ただひたすらパンを焼き続け、ぶたぶたさんが作ったカツと揚げハンバーグをソースにひたし、奥さんが切ったサンドイッチをパックに詰める。

会場と駐車場が遠いので、台車で何度も往復して運ぶ。それだけで一年分歩いた気分。

「その場で作らないから、後片づけもないし、ちょっと楽なんだけどね」

とぶたぶたは言うが、何このサンドイッチの山。これ、こんなに売れるんだろうか。

しかし、十一時近くになると、人が行列を始めた。後ろでビニール袋に入れて手渡すのは奥さんと菜子。売り子はあたしとぶたぶたさん。

フォーク並びはなし。だって、ぶたぶたさんの方に並ぶ人は、彼から買いたい、彼と話したいからなのだ。あたしの列は、とにかく早くサンドイッチが食べたい人用。

それでも忙しかった。「カツですかハンバーグですか？」「四百円です」「おつりです」「ありがとうございました」ぐらいしか言う余裕がない。

隣ではぶたぶたが話しながらも手を止めない。

「ぶたぶたさん、久しぶり〜」

「晴れてよかったね〜」

「楽しみにしてきたんだよ」

「今年も買いに来たよ」

等々、声をかけられている。本当にアイドルの握手会のようだった。祭りのスタッフや参加店舗は、みんな揃いのはっぴを着ているのだが、彼のは特別に小さく作ってあるのだ。もうみんなこれ見たさに来ているのでは、という行列だが——。たまに知らずに並んでぎょっとしている人もいたが。

お昼を回って、行列はますます延びる。小銭が足りなくなってきた。

一万円札を崩すために実行委員会のテントへ行くと、越川さんと白波さんがいた。

「おっ、若葉ちゃん、がんばってるねえ〜」

越川さんは相変わらず優しげだが、白波さんには警戒するあたし。

でもこの人も菜子も、あたしがぶたぶたさんのことを知らなかったことを誰にも言わなかったのだ。別にバレてもいいのだが……本当のことだし。

「でも別に、からかってたわけじゃないんだよ」

と白波さんはあとで言った。

「あの方が、ぶたぶたさんに会った時の喜びが大きいでしょう？」

菜子にも同じようなことを言われたが、いつか必ず、誰かに同じことをしよう、と決心しつつ、再び売り子に徹していると、

「辻さん！」

あたしに声をかけてくれた人がいた。

「あ、皆口さん！　先日はありがとうございました」

「こちらこそ、お役に立てたみたいでよかったわ〜。みんなで来たんだよ。ぶたぶたさん混んでるし、辻さんと話したかったから、こっちに並んだの。ハンバーグサンド三つとカツサンド二つちょうだい！」

せわしないけど、とてもうれしい。

渡瀬さんも園芸店のおじさんも、たばこ屋のおばあさんまで来てくれた。

あたしが何も知らなかったと、この人たちも知らないのだが、顔を合わせるとやっぱり気まずい——あたしだけが一人で思い出して、だが。

奏くんと駒月さんも、他の自転車部員を連れて買いに来てくれた。佐原さんはお店があるので来られないが、

「よろしく言っといて、だって」

あの状態であたしを憶えているんだろうか、と疑問だったが。

「今度食べに来てよ」

と言われたのには、力強くうなずいた。今度からそう言われたら、必ず、速《すみ》やかに行かねば。

三時近くになって、サンドイッチはすべて、きれいになくなってしまった。

あたしはもう、放心状態だったが、ぶたぶたさんたちはここを片づけて四時に祭りが終わってから、店を開けるのだそうだ。菜子ももちろん手伝うという。

あたしにはもう無理……。明日の日曜日も手伝うことになっているが、それまで寝ていたい……。

片づけを手伝って、店に戻った時、ぶたぶたさんが言った。

「若葉ちゃん、ちょっと待ってて」

彼は、疲れた様子も見せずに調理場に入り、朝と同じようにハンバーグのたねを冷蔵庫から取りだし、形を整えてフライパンで揚げ焼きをした。

ハンバーグとパンの焼けるいい香りが店に広がる。

「乃美さんが、若葉ちゃん用にってわざわざ一番いい状態の食パンを持ってきてくれたんだよ」

そういえば、彼女にはちゃんとバイト代をいただいたのであった。これが高いか安いかはわからなかったが、何しろ初めてのバイト代だ。何に使うかはまだ思案中だった。

ぶたぶたさんは、揚げたハンバーグを特製ソースにひたし、パンにはさんで手ずから切ってくれた。

それをきれいに皿に盛りつけ、奥さんがあたしの前に出してくれる。

「はい、特製ハンバーグサンド。今日、食べられなかったから、できたてをどうぞ。飲み物はコーヒーでいいかな?」

「は、はい」

菜子がうやうやしくコーヒーを運んできてくれた。

食べたいと思いながら、一つも残らなかったハンバーグサンド――まだ切り口がホカホカしている。

「カツサンドはいつもあるけど、これは店にはないメニューなんだよ。お祭りの時だけのなの」

「そうなんですか⁉」

「冷めないうちにどうぞ。熱いかもしれないけどね」

あたしはためらいなく、一口サンドイッチをかじった。肉汁が口からあふれそうになる。言われたとおり、中が熱くて、ヤケドしそうだ。

甘辛いソースと焼いたパンの香ばしさが絶妙だった。

「うう〜、おいしい〜！」

何だか泣きそうだった。お腹も空いているし疲れてもいるけど——これを、ぶたぶたさんが目の前で作ってくれたという贅沢に泣ける。

「あたしでさえ、店では食べたことないっていうのに」

菜子がちょっとうらやましそうに言う。

「他のもみんなおいしいの？」

「あったり前でしょう！　何度もそう言ったのに、あんた来ないから！」

　それで、あんな目にあったわけか……。

　けど、何だか楽しかったな。

「ぶたぶたさん、今度メンチカツサンドが食べたいです」

　耳にしてから、ずっと気になっていたメニュー。

「あ、それもおいしそうだねえ。でも、うちのメンチカツはちょっと和風だから、ソースやパンを考えないといけないかもね」

「和風……和風のメンチカツって？」

「それは今度食べに――」

「今食べたいです！　これからお客になります。サンドイッチじゃなくて、メンチだけでもいいです！」

　もう五時だった。

「定食にしてください」

「はいはい。じゃあ、ちょっとお待ちください」

　ぶたぶたが調理場を忙しく動き始めた。

　菜子が言う。

「少しは学習したんだね」

「あったり前でしょう！」

言い返せて、いい気分だった。

メンチカツ定食がほどなくして運ばれる。薄くて丸くて、大きなメンチカツだった。

これは——サンドイッチにするにはもったいない大きさだ。

「何もつけなくてもおいしいよ」

ぶたぶたの言うとおり、まずはそのまま食べてみることにする。箸を入れると、サクッと音がした。一口大に切って、口に入れると、ハンバーグサンドと同じくらいの肉汁と香りが広がる。

だが、さっきとは明らかに違う風味があった。

「ぶたぶたさん……これ、玉ねぎじゃなくて、長ネギを使ってるんですね」

「そうだよ。だから、ソースじゃなくてしょうゆをかけて食べる人もいるんだよね」

あたしも真似して、しょうゆをかけて食べてみた。ソースも試したけど、しょうゆの方が好きかもしれない。ご飯にすごく合う！

「うわーん、もうおいしいー」

「あんた、めちゃくちゃ楽しんでるよね」

菜子があきれたように言う。

「うん、楽しい。あたしもここでバイトしたい！」

「食べることがバイトじゃないんだけど」

はっ。脳裏に奏くんのテキパキとした姿が思い浮かぶ。とてもあんなふうにできそうにない……。

「でも、なんか今日みたいな一日、嫌いじゃないよ」

「そう？」

「こないだみたいな一日も、楽しかったよ」

今となっては、あれをバイトと言ってしまうのは、いろいろな意味で申し訳ないけれども、それを言うなら、今日だってダメかもしれないが。

でも、こんなにおいしいものが一日のしめくくりに食べられるのなら、明日もきっとがんばれるはず。

「何があっても、メンチカツやハンバーグサンドを食べれば、もしかして大丈夫かもしれないって思うよ」

口に出してから、やっぱり変なことを言ったな、と思ったが、

「おー、それは――」

ぶたぶたさんは一瞬黙って、

「ありがとう」

と言った。あたしは、何でお礼を言われたのか、よくわからなかった。

あとがき

お読みいただき、ありがとうございます。

毎度おなじみ——と言いそうになりますが、ぶたぶた十二冊目です。書いておかないと忘れそうだ。

今回は洋食屋さんです。なぜ今まで書かなかった⁉　と言われそうなお話ですが。

しかし書きながら私の頭の中にあったのは、シティボーイズのコント「洋食屋さん」。斉木しげる氏が歌う『しげる愛のプレゼント』の歌詞、

「♪わたしは街の〜洋食屋さん〜」（ヴェルディ『女心の歌』のメロディーで）

がリフレイン。知っている人だけ笑ってください。

ところで今回、『鼻が臭い』というタイトルのお話を書いたのですが、そのネタ自体は

実体験です。

実際、今まさに病院に行っていたりします。明日検査結果がわかりますが、それを待たずにあとがき。いや、深刻なことは何もありません。多分、ちょこっと薬が出るくらい？　でも、どうしてそれをネタにした小説を書こうと思ったのかというと、自分のブログの「人気記事ランキング」が原因です。

私のブログは、アクセス数が多い記事のランキングがわかるようになっているのですが、それのトップはいつも、「鼻が臭い」という今回とほぼ同じ鼻の不調のことをつづった記事なのです。

六年も前の記事がずっとトップってどういうことよ……。六年前だから、とも言えますが、それってつまり、ずっとコンスタントに見られているからってことです。しかも、アクセス解析を見ても検索ワードのトップは「矢崎存美」や「ぶたぶた」などをおさえて、「鼻が臭い」が堂々の一位。

一応、曲がりなりにも作家として何年も仕事してきて、ぶたぶたシリーズとか、他にもいろいろ小説を書いているのに、なぜそれをさしおいて「鼻が臭い」が一位⁉　私は別に、鼻が臭いことだけをテーマにブログを書いているわけじゃないのに――！

こうなったらもう、『鼻が臭い』ってタイトルの話を書くしかないな、と思ったわけです。

それと、今回の洋食屋さんとどう結びつくのか、自分でもよくわからないのですが、思ったとおりに書いたのです。最初は『鼻が臭い』なんてベタなタイトルにするのはやめようと思っていたのですが、何も浮かばず……。結局そのままですよ。

書き終わって、センスなしのタイトル以外はしばらく満足していたのですが、よく考えてみたら、これではますます「鼻が臭い」がトップ記事のまま。

私は、いったい何がしたかったのかしら、とわからなくなりました……。

ただアクセス解析で「鼻が臭い」というキーワードを見ても、

「あたしと関係ないじゃん！」

と怒らなくなるだけでは——としか思えませんが……まあ、それならそれでいいか。

いつものようにお世話になった方々、ありがとうございました。

鼻が臭いことだけ書いてあるわけじゃない私のブログ（「矢崎電脳海牛ブログ」http://yazakiarimi.cocolog-nifty.com/）には、発売後に恒例のネタバレあとがきを載せる予定です。

それから、『ぶたぶたと秘密のアップルパイ』に出てくるぶたぶたのアップルパイを、作って販売されている札幌の洋菓子店エ・ピュ・ドルチェさんからいただいたり、物産展で購入したりしたパイの写真なども載っていますので、興味のある方はどうぞ。

今年は『刑事ぶたぶた』のコミックも「サスペリア ミステリー」の付録になったりして、うれしい一年でございました。何か情報があれば、ブログも更新できる。来年はもっといっぱい更新したいです。

ツイッター（@yazakiarimi）もやっております。役に立たないことでもいいから、目標一日一つぶやき。

それでは、また。

光文社文庫

文庫書下ろし
キッチンぶたぶた
著 者　矢《や》崎《ざき》存《あり》美《み》

2010年12月20日　初版1刷発行
2013年11月10日　5刷発行

発行者　駒　井　稔
印　刷　堀　内　印　刷
製　本　フォーネット社

発行所　株式会社　光　文　社
〒112-8011　東京都文京区音羽1-16-6
電話（03）5395-8149　編　集　部
8113　書籍販売部
8125　業　務　部

ISBN978-4-334-74883-8　Printed in Japan

組版　萩原印刷

お願い　光文社文庫をお読みになって、いかがでございましたか。「読後の感想」を編集部あてに、ぜひお送りください。

このほか光文社文庫では、どんな本をお読みになりましたか。これから、どういう本をご希望ですか。どの本も、誤植がないようつとめていますが、もしお気づきの点がございましたら、お教えください。ご職業、ご年齢などもお書きそえいただければ幸いです。当社の規定により本来の目的以外に使用せず、大切に扱わせていただきます。

光文社文庫編集部

光文社文庫　好評既刊

- 溯死水系　森村誠一
- 空洞の怨恨　森村誠一
- 鬼子母の末裔　森村誠一
- 二重死肉　森村誠一
- エネミイ　森村誠一
- 復活の条件　森村誠一
- マーダー・リング　森村誠一
- 遠野物語　森山大道
- ラガド 煉獄の教室　両角長彦
- ぶたぶた日記　矢崎存美
- ぶたぶたの食卓　矢崎存美
- ぶたぶたのいる場所　矢崎存美
- ぶたぶたと秘密のアップルパイ　矢崎存美
- 訪問者ぶたぶた　矢崎存美
- 再びのぶたぶた　矢崎存美
- キッチンぶたぶた　矢崎存美
- ぶたぶたさん　矢崎存美

- ぶたぶたは見た　矢崎存美
- ぶたぶたカフェ　矢崎存美
- ぶたぶた図書館　矢崎存美
- ダリアの笑顔　椰月美智子
- シートン(探偵)動物記　柳広司
- せつない話　山田詠美 編
- 眼中の悪魔 本格篇　山田風太郎
- 笑う肉仮面 少年篇　山田風太郎
- 京都新婚旅行殺人事件　山村美紗
- 京都嵯峨野殺人事件　山村美紗
- 京都不倫旅行殺人事件　山村美紗
- 京都茶道家元殺人事件　山村美紗
- 魂の流れゆく果て　梁石日 裵昭 写真
- 別れの言葉を私から　唯川恵
- 刹那に似てせつなく　唯川恵
- 永遠の途中　唯川恵
- 幸せを見つけたくて　唯川恵

日本ペンクラブ編 名作アンソロジー

唯川 恵 選
こんなにも恋はせつない
〈恋愛小説アンソロジー〉

江國香織 選
ただならぬ午睡
〈恋愛小説アンソロジー〉

浅田次郎 選
人恋しい雨の夜に
〈せつない小説アンソロジー〉

光文社文庫